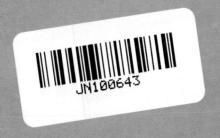

稀代の悪女に
仕立て上げられた私、
冷徹大公に拾われる
白亜凛 Rin Hakua
Illust. 宛

CHARACTERS
Alexand
アレクサンド
魔獣がひしめく辺境を
治めている、武闘派な大公。
ディートリヒの異母兄。
「悪女」として捕まった
ルイーズのことを
気にかけていた…。
Louise
ルイーズ
ゴーティエ公爵令嬢。
ディートリヒの婚約者だったが、
無実の罪で悪女扱いされ捨てられる。
第二の人生は名前を
「ルル」と変えることに！

Usapon
ウサポン
ウサギ型の魔獣。
実はルイーズを助けていて…。
Pierre
ピエール
侯爵家の三男。
アレクサンドの右腕として
彼を支えている。
Dietrich
ディートリヒ
グロワール帝国の皇太子。
ルイーズ事件後、
皇帝となる。

「こら、いつまで閣下と呼び続けるつもりだ？

なんて呼ぶかはわかっているだろ？」

「――アレックス？」

彼は「そうだ」と言いながら顔を近づけた。

今日二度目のキスは、とても甘い味がした。

稀代の悪女に仕立て上げられた私、冷徹大公に拾われる

Rin Hakua
白亜凛
Illust. 宛

Kidai no akujo ni shitate agerareta watashi,
Reitetsutaiko ni hirowareru

目次

◆プロローグ……4
◆大公アレクサンド……14
◆大公と新しい侍女……48
◆遠い記憶……65
◆ドラゴン祭……79
◆ゴーティエ公爵……117
◆忘れた記憶　～皇太子妃候補として～……143
◆見えてきた真実……156
◆皇帝ディートリヒ……167

◆復讐という名の、契約結婚……176
◆いざ、帝都へ……203
◆復讐は蜜の味……220
◆エピローグ……236
◆特別書き下ろし番外編　～赤いドラゴン～……240
あとがき……286

◆プロローグ

地下牢に入って二日目。

膝に頭をのせ悲嘆に暮れていたルイーズは、紙をめくる音に気づき、顔を上げた。

鉄格子の脇で、椅子に座っている牢番が、新聞を読んでいる。

ランプの明かりで照らされ、わずかに見えた新聞の文字に、ルイーズは目を見張った。

【ルイーズ】

大見出しに自分の名前を見つけたのだ。

吸い寄せられるように近づくと、ジャラリと足枷《あしかせ》の鎖が響き、牢番が振り向く。

「あっ……いえ。新聞が」

続く、気になっただけです、という声は口の中で消えた。

牢番は新聞と彼女を交互に見る。

新聞に掲載されている挿絵の彼女は豪華な宝石と華美な衣装に身を包んでいるが、目の前の彼女は粗末な綿のワンピースを着ているだけだ。

彼女はゴーティエ公爵家の令嬢で、皇太子の元婚約者。ルイーズ・ゴーティエ十九歳。

現在グロワール帝国を揺るがしている重罪人である。

◆プロローグ

騎士でもある牢番は、二週間ほど前に彼女を見かけた。

彼女は宮殿の二階のバルコニーに立ち、夕暮れの空を見上げていた。

銀色の髪に紫色の瞳を持ち、凛とした美しさから彼女は月の女神と謳《うた》われる。煌びやかなドレスと宝石の輝きを差し引いてもなお、噂《うわさ》通りまばゆいばかりの美貌に、彼は目を奪われた。

今の彼女にそのときの面影はないものの、整った容貌は変わらない。ボロをまとっていても漂う気品は、彼女が高貴な令嬢であることを物語っている。

ルイーズ・ゴーティエは明るく聡明で、積極的に奉仕活動をする慈悲深い公爵令嬢だと聞いていたが、実際は違ったらしい。

彼女は欲にまみれた極悪人だった。

同情の余地はないが、牢に入れられたときからずっと暴れもせず、静かに打ちひしがれているだけの彼女に、憐憫《れんびん》の情が湧いたらしい。牢番は顔を背けたままルイーズに向かって新聞を放り投げた。

「あ、ありがとうございます」

ルイーズは牢番に頭を下げ、大事そうに新聞を開き、暗い牢の中で目を凝らした。

貴族向け新聞と平民向けの新聞が二種ずつある。

手を振るわせながら、最初に開いたのは貴族新聞だ。

【ルイーズ・ゴーティエ。グロワール帝国の皇帝、皇后、側室、第三皇子の毒殺を企てる！】

見出しには予想通りの言葉が並んでいた。

手を震わせ、胸が張り裂けそうな思いで、もうひとつの新聞を取る。

重要なのは平民向けの新聞だ。美辞麗句《びじれいく》を並べたりせず忖度《そんたく》なく、真実が書いてあるのはむしろ平民向けの新聞である。

【稀代の悪女。ルイーズに正義の鉄槌《てっつい》を！】

さらにもうひとつの平民向け新聞を開く。

【私欲にまみれた魔女ルイーズに死刑を！】

〝国民が貧窮する中、皇太子の婚約者であったルイーズは宝石を買いあさり贅沢三昧《ぜいたくざんまい》の日々を送っていた。

常に不機嫌で気難しく高級食材しか口にせず、ついには我々の太陽である皇帝を毒殺した悪女である。

皇后に贅沢な暮らしぶりを注意され、腹いせの凶行！〟

「そんな……」

口を覆った手から、思わず声が漏れた。

対比するように、今日付けで新皇帝に即位したディートリヒ・ド・グロワールの功績が列記してある。

皇太子時代の実績。戦争孤児が安心して暮らせる孤児院をつくる。干魃《かんばつ》により税を免除。市民のための療養所開設――。

【賢帝ディートリヒ・ド・グロワールに栄光を！】

どうしてこうなってしまったのか。

ルイーズの瞳からこぼれた涙が、新聞にポタリポタリと落ちた。

嗚咽《おえつ》が漏れないよう唇を噛《か》むルイーズに、牢番が「新聞を隠せ」と慌てたようにささやいた。

急いで新聞をブランケット代わりのボロ布の下に隠した直後、牢番を振り返ったルイーズの目が、大きく見開かれる。

敬礼する牢番の前に現れたのはディートリヒだった。

「殿下……」

ディートリヒは、顎を上げて牢番に「下がれ」と指図し、鉄格子の前に立ちルイーズを見下ろす。

皇族ならではの黄金の髪に、明け方の空のような青い瞳。

彼の態度はいつだって紳士的だった。

困ったことはないかと、いつも穏やかな微笑みを絶やさず、気遣ってくれる。

少なくとも信じようとしていた。婚約者として宮殿に入るまでは――。

「殿下、なにかの間違いです！　私はなにも」

ディートリヒは、困ったように片方の眉を歪《ゆが》める。

「残念だが、君の寝室から件《くだん》の毒が発見された。君が君の父上に頼んで、毒を手に入れたという証拠もな」

「そ、そんな……。ありえません！　父も無実です！　誰かが」

とっさに駆け寄ろうとしたルイーズは、足枷に阻まれ、床に倒れ込む。近寄ることもできず、床に伏せたまま顔を上げた。

「残念だよ、ルイーズ」

凍りつくような冷たい瞳でルイーズを見下ろすディートリヒは、鉄格子の前にしゃがみ込んで、口もとに薄い笑みを浮かべた。

「いくら僕に早く皇帝になってほしいからって。あれはよくない」

ルイーズの胸は凍りついた。

いったい彼は、なにを言っているのか。

「そんなに早く皇后になりたかったのかい？」

「殿下？　……なにを」

意味が、まったくわからない。

戸惑い、唖然《あぜん》とするルイーズを嘲るように、ディートリヒはニヤリと口角を上げる。

「僕はずっと怪しんでいた。君の父も、たいそうな野心家だからね」

「えっ？　で、殿下、父に野心なんて」

ルイーズは必死に首を横に振るが、ディートリヒは断固たる言い方で彼女の言葉を遮った。

「いや！　そうなんだ。間違いない！」

その後も、歌でも歌うようにディートリヒは続ける。

「子どもができたら、僕のことも毒殺する気だったんだろう？　子どもを皇帝にして、自分は皇太后となり、この美しい宮殿を、偉大なるグロワール帝国を、君は乗っ取るつもりだった」

そして、なにがおかしいのかハハッと高く笑う。

「ルイーズ。僕がなぜ君に指一本触れなかったか、わかるかい？　間違っても子どもができないようにだよ。僕は君の本質を見抜いていたからね――」

（そんな……）

赤いマントを翻し去っていくディートリヒの高い靴音を聞きながら、ルイーズは自分の身になにが起きたのか、そしてたった今、彼がなにを言ったのか理解できずに呆然としていた。


ディートリヒが地下牢を訪れてから一週間後。

ルイーズは地下牢を出され箱のような荷馬車に乗せられた。

ガタガタと音を立てながら馬車が進む。

◆プロローグ

馬車の荷台に窓はなく、どこを走っているかはわからないが、行き先は知っている。

『西の塔』と呼ばれる恐ろしい牢獄だ。

大半が獄中死を遂げ、生きて出られた者は皆、精神を病むという、誰もが恐れる塔である。

涙も枯れ果て、今となってはこの世に未練もない。

いっそすぐに殺してくれたらいいのにと、ルイーズは思う。

彼女は十九歳で皇太子の婚約者となり宮殿に入ったが、その少し前に、病床に伏していた実母マリィを亡くしている。家族は父親のゴーティエ公爵しかいない。最後にひと目だけでも会いたかったが、それすらも許されなかった。

そっと胸もとのネックレスを握りしめる。

ネックレスは唯一携帯を許された形見の品で、母親の横顔が彫られたカメオがついている。抜け殻のようになったルイーズの、心の支えだった。

（お母様……）

ふいに大きく馬車が揺れて、ルイーズは床に転がった。

荷物を運ぶような粗末な荷台には座面もなく、大きく揺れるのだ。

這《は》いつくばってなんとか起き上がり、隅に行き膝を抱えると、御者の声が聞こえてきた。

「相変わらず不気味な道だ」

「先週向かった馬車も魔獣に襲われたらしいぞ」

魔獣と聞いて背筋がぞわりとした。

西の塔は帝都の西、森の中にある。

その森にたどり着くには魔獣が棲息《せいそく》する山を通らなければならなかった。

どうやら今、その山道を進んでいるらしい。

「荷台をはずすのは、もう少し先がいいか？」

「ああ、そうだな。誰にもバレないように放置しろっていうんだから、高い草むらでもないとな」

ショックのあまり、ルイーズの歯がカタカタと音を立てた。

（私は魔獣の山に捨てられるの？）

男たちの会話は続く。

「西の塔に入るくらいなら魔獣に食われた方がましだというぞ」

絶望に体を震わせたルイーズは、歯を食いしばり、どうか一瞬で亡き母のもとに逝けますようにと、カメオを握りしめた。

「ギェー」

聞いたことのない獣のような鳴き声が響き渡る。

（今のはなに？）

ハッとして顔を上げるも、窓がないため、外でなにが起きているのかまったくわからない。

「で、出たぞ。ま、魔獣だ！」

馬の嘶《いなな》きとともに御者が逃げ出す音が聞こえ、さらに大きくなる鳴き声と争うような大きな物音が聞こえた。

外に出たくとも中からは扉を開けられないつくりになっている。

途方に暮れるうち御者の悲鳴が聞こえ、ドシッ、ドシッと地面に響く大きな足音がして、巨大ななにかが近づいてくるのがわかった。

（た、たすけて……）

荷台の壁に魔獣の爪が立てられる音がして、強い衝撃とともに荷台もろとも投げ飛ばされる。

恐怖のあまり気が遠くなるルイーズの脳裏に、ディートリヒの薄笑いが浮かんだ。

『利用されてくれて、アリガト。愛していたよ、ルイーズ』

あの日、地下牢の鉄格子の前で、最後にディートリヒがルイーズにささやいた言葉だった。

◆大公アレクサンド

グロワール帝国を地図で見ると、帝都から西に位置する山を挟んで隣国に接する孤立した一角がある。

その孤立した西エリアに位置する大公領は、帝国が直轄する土地の四分の一を占めるという帝国内でも圧倒的に広い領地だ。

城もあり、平野もあるし土壌も悪くない。

だが、帝都からこの地に来るには、西に向かい、途中魔獣が棲《す》む山を越えなければいけない。

国境では西の王国イデアルとの争いが絶えず、振り向けば魔獣がうろつく山もあり、イデアル王国との戦時中の要塞として機能する以外は、人の寄りつかない不穏な土地とされていた。

山頂に残る雪は青くかすんで見える。

この時期には、山裾の木々が青やピンクの花を咲かせ、風に乗って甘い香りを漂わせる。

しかし、これらの美しい景色は、魔力が見せる幻影だ。

人々を惑わし襲う、それが〝魔獣の山〟――。

アレクサンドはふぅと長い息を吐き、視線を山から城下の街へ移した。

五年前、彼が十八のときには、街は廃墟と化していた。

◆大公アレクサンド

それが今や、立派な地方都市だ。

眼下に見下ろす街は活気にあふれている。馬車や人々の往来が見え、鍛冶屋《かじや》やパン屋など、あちこちの煙突から煙や湯気が立ち上っていた。

アレクサンドが街を見下ろしているこの城は、初代皇帝が建てた〝烏城《からすじょう》〟と呼ばれる難攻不落な城だ。

本城のほかいくつかの塔があり、名前の通り外壁が黒く、高くそびえる荘厳な城である。

住まうのは若き領主、大公アレクサンド・ド・グロワール。

長きにわたる西の王国イデアルとの戦争に勝ち、つい三日前に帰還したばかりである。

黒いガウンを羽織る肩幅の広い背中は逞《たくま》しい。

戦争の鬼といわれ、帝国でもっとも恐れられている彼だが、年はまだ二十三だ。

肩までの黒髪は、起き抜けで乱れたままのせいか、今は年相応に見える。それだけくつろげているのだろう。

その証拠に、帰ってきた日は丸一日寝ていた。三日目となる今日も、もうすぐ太陽が真上に上る時刻である。

使用人たちも気を使っているようで、誰も起こしに来ない。凱旋《がいせん》のバカ騒ぎも落ち着き、城内はひっそりと静まり返っていた。

ひとしきり城下を眺めたところで水を飲み、そろそろ執事を呼ぼうと思ったところだった。

静かに扉が開く音がして、執事のカンタンが顔を出す。

「お目覚めでしたか」

片方だけのメガネをかけたカンタンは齢《よわい》四十になり、茶褐色《ちゃかっしょく》の髪にはいくらか白いものが交じり始めた。

「今日は天気がいいな」

アレクサンドが城に戻ってから曇天が続いていた。

「ええ、久々に雲のない空ですね。長い雨が続きましたが、ようやく落ち着いたようです」

窓際に向かったカンタンは、いくつか窓を開けていく。

そのたびに、爽やかで気持ちのいい風がレースのカーテンを揺らした。

「風呂の用意ができております。食事の用意はこちらでよろしいでしょうか？」

「ああ、ここでいい」

アレクサンドを振り向いたカンタンは、密《ひそ》かに感嘆のため息を漏らす。

赤く輝く瞳、広い肩幅、くっきりとした目もとに高くまっすぐ通った鼻筋――彫刻のように美しい容姿と相まって、人知を超えた存在であるとしみじみ思う。

常に冷静沈着で、戦術や武術、万事に抜かりなく、土地を守り、民に安寧をもたらす最高の領主。褒め言葉が次々と浮かぶ。

カンタンからすればアレクサンドは息子ほど年が離れているが、彼こそが命をかけてでもついていくべき人物だと、畏怖の念を抱いていた。

グロワール帝国初代皇帝は魔力を持っていたといわれ、国の守護神とされているドラゴンの化身だという伝承がある。

二百年の時を経て、単なる言い伝えに変わりつつあるが、カンタンは、伝承は真実であると信じている。そうでなければ、アレクサンド大公が剣を手にしたときの揺らめく赤い剣気や、どんな窮地であろうと一歩も引かない強靭《きょうじん》な精神は、人では説明がつかない。

だが、彼は人だ。

長い戦争でたまった疲れが、体や心に残っているはずである。

せめて――。

カンタンはなにかを言おうとしたが、開きかけた口をまた閉じて、部屋を後にした。

次にカンタンが来たときには、アレクサンドは風呂上がりだった。

カンタンが勧めた侍女の手伝いを断り、ひとりで風呂に入った彼は、ソファーに腰を下ろして無造作に濡れ髪をタオルで拭いている。

「ルル、朝食の用意を」

カンタンがそう声をかけると、「はい」とかわいらしい声がして、ひとりの侍女がワゴンを押しながら入ってきた。

後ろでひとつにまとめた髪の色は薄い緑。

にっこりと細めた瞳は、青みがかった深い緑色をしている。

「失礼いたします。はじめまして。ルルと申します。よろしくお願いいたします」

小さな口を開け、鈴を転がすような声で挨拶をした彼女は、アレクサンドに向かってペコリと頭を下げた。

初めて見る侍女である。

「アレクサンドだ、よろしく」

ルルは伏し目がちに、少し緊張した様子でワゴンを進め、アレクサンドの前にある丸いテーブルの上に皿を並べていく。

彼女が一番大きな皿にかぶせられた丸い銀の蓋《ふた》を取ると、スモークチキンやスクランブルエッグなどが盛りつけられていた。続けてパンの籠《かご》を置くと、微《かす》かに空気が動き、焼きたての香ばしい匂いがふわっと漂う。

視覚と嗅覚を刺激されたアレクサンドは、湧いてきた食欲のまま手を伸ばして温かいパンにバターを塗る。バターはたちまち溶けてパンに染み込んでいく。

野戦場では、このやわらかさも風味も味わえない。

アレクサンドはパンをかみしめつつ「平和だなぁ……」としみじみつぶやいた。これが幸せの味なのかもしれないと思う。

せっかくなので好きなコーヒーと一緒に楽しみたくなった。

「先にコーヒーを淹《い》れてくれるか？」

「はい。承知いたしました」

カンタンに向かって言ったつもりが、返事をしたのはルルだった。

ワゴンに向き直ったルルは、口の細いポットのお湯を注ぎコーヒーを淹れ始めた。

いつもならコーヒーはカンタンが淹れる。

不審に思い、入り口近くに控えているカンタンを見ると、彼は意味ありげにニンマリと目を細めた。

コーヒーは南国で好まれている嗜好品《しこうひん》である。

手に入りにくいというのもあるが、帝国ではあまり浸透しておらず、この城でも好んで飲んでいるのはアレクサンドぐらいである。

黒い色を不気味がるのもあるし、口にしたときの独特の苦みが慣れない者の舌をひるませるのだが、アレクサンドは初めて口にしたときから気に入った。

とはいえ、この城でアレクサンド好みのコーヒーを淹れられるのはカンタンしかいない。

その彼があえてルルにやらせるとなると、彼女は淹れ方を教えられたのだろう。

丁寧にゆっくりと円を描くようにお湯を落とす様子を見る限り、器用であるらしいとアレクサンドは思った。

静かに音を立てず皿を置くところも、ふとした仕草も、緊張した表情のわりには落ち着いている。

　カップをテーブルに置くと、ルルはフィンガーボールで手を洗い、次にマンゴーやリンゴを切り始める。

　アレクサンドはようやくカンタンの思惑に気づいた。

　彼女を彼の専属侍女にするつもりなのだ。

「ルル。中断して、冷えた炭酸水を持ってきてくれ」

「はい。承知いたしました」

　アレクサンドの指示でルルが出ていくと、彼は開口一番「だめだ」と言い放った。

　憮然《ぶぜん》としたままため息をつき、カンタンを睨《にら》む。

　彼の身の回りの世話をしていた専属侍女が辞めた。

　高齢だったのもある。風邪をこじらせて寝込んでしまい、それをきっかけに体力に自信をなくしてしまったらしい。

　全幅の信頼を寄せていた彼女の引退はアレクサンドにはかなりの痛手ではあったが無理は言わず、『長生きしてくれないと困る』と、引退を了承した。

　戦争を終えて帰ってきたのを機に、カンタンは次の担当を決めようとしたが、これがなかなか決まらない。

アレクサンドには気難しいところがあり、ひどいときは、ものの三十分で交代を命じられた。ルルで十人目、最後に残った頼みの綱である。

「俺は熟練の侍女がいいと言ったはずだぞ」

「ですが閣下、もうほかにはおりません」

カンタンが連れてきた熟練の侍女たちは皆、アレクサンドに却下された。彼女たちはキャリアがあり優秀だが、なぜか落ち着かないという理由からだ。

帝都ならいざ知らず、辺境のこの地で、要望通りの人材など、そうそう見つからない。

「ルルはひと月前から厨房《ちゅうぼう》で下働きをしておりますが、真面目ですし、なによりよく働きます。コーヒーの淹れ方も教えましたが、要領よくすぐに覚えました。読み書きもできますので、近くに置けばなにかと便利でしょう」

そういえばとアレクサンドは思い出した。

ひと月前に、新しい侍女が入ったと聞いた記憶がある。

戦地と烏城を行ったり来たりだったし、厨房の下働きが表に出てくることは滅多にないので、見覚えがないのも無理はない。

「たしか彼女もお前の紹介だったか？」

「ええ、半年ほど前に、魔獣の山で発見された娘です。記憶をなくしており、身寄りもなく、しばらくうちの家内が面倒を見ていました」

「ふぅん。記憶がない、身元不明者か」

カンタンは「ええ」とうなずく。

身元不明者は、この領地では珍しくない。

たび重なる戦争のせいで、隣国から領地内に逃げてきた者や孤児も多いし、ここはもともと行き場を失った者がたどり着く辺境の地である。

アレクサンドは、彼らに寛容である。領地民の身元を無理に確認しようとはしない。

ここで罪を犯した者は容赦なく取り締まるが、現在が真面目であれば過去は問わないというのが、この地での暗黙のルールだ。

「ルルは明るくて、とてもいい娘ですよ」

カンタンは情に厚く優しいが、お人よしではない。人を見る目は信用できる。執事として忖度なしにルルを評価しているはずだ。

憮然としたまま、アレクサンドは考え込んだ。

これまでの候補者を脳内でズラリと並べてみたが、いずれも可とは言いがたい。

田舎ゆえしかたがないとは思うし、多くは望んでいないつもりである。

ごく普通の侍女でいい。熟練がいいと言ったのも、能力の高さを求めたわけではない。あたり障りなく淡々と業務をこなしてくれればいいと思ったまでだ。強いていうなら、物静かで空気のような存在感の薄い者と希望したが、どうもうまくいかない。

これまでの熟練の侍女たちは、なにをやるにもそつなく仕事も早い。主人への気遣いも完璧。

だが、どうも存在感がありすぎて、アレクサンドは居心地の悪さを感じてしまうのだ。

きっと相性なのだろう。ワガママだとわかっているが、これればかりはどうにもできない。

ひとり静かな侍女がいたが、幽霊のようにギョッとするほど暗くて、たまらず下がらせた。

それに比べて、今のところルルに心地の悪さは感じない。第一印象は合格といえた。

彼女は若くとも物静かである。

「なにかあればすぐに交代させるぞ」

結局、ルルで様子を見ることにした。

「はい。よく働くよう申しつけておきます」

ルルが炭酸水を持って戻ってきた。

テーブルに置くと、フルーツのカットを再開する。

早速炭酸水を口にしたアレクサンドは、彼女を見つめながら「ルル」と声をかけた。

突然名前を呼ばれて驚いたのか、ルルはビクッと肩を震わせた。

「はい」

アレクサンドは、さりげなく聞いてみた。

「相変わらず、なにも思い出せないのか？」

賽《さい》の目に切り込みを入れたマンゴーを皿にのせた彼女は、戸惑うような表情で「はい……」とうなずく。

「すみません……」

苦情のように感じたらしい。

彼女は両手をエプロンの前に合わせ、申し訳なさそうに、もじもじと指を合わせてうつむいた。

「そうか。――この地にはお前のように記憶をなくした者も多くいる。あまり深刻に考えなくていい」

ホッとしたように頬を緩めた彼女はぺこりと頭を下げ、今度はリンゴを手に取ってむき始めた。

アレクサンドにも経験がある。

十八歳のときだ。魔獣との戦いで深手を負い一週間ほど意識を失った。

目覚めたとき、自分がなぜ寝込んでいるのかわからなかった。魔獣と戦った日、丸一日の記憶が飛んでしまったのである。いまだにその日の記憶は戻らない。

戦争に魔獣。危険と隣り合わせのこの地では、そういう経験のある者は少なくないのである。

だが、ルルのようにまるきり自分の過去を忘れてしまった者は珍しい。

今から半年ほど前の春先、ルルは魔獣の山の洞窟で倒れているのを、魔獣狩りに向かったカンタンの部下に発見された。

魔獣同士の争いがあったらしく近くには魔獣の死骸があり、ルルは魔獣の青い血を全身に浴びていた。

微かに息があり、カンタンの屋敷に保護された。高熱にうなされながら意識のないまま二週間ほど寝込み、目を覚ましたが、自分が誰なのか、彼女は答えることができなかった。記憶を失っていたのだ。

名前をつけるにあたり、ごく一般的な名前の一覧から最も気になる名前を彼女に選ばせた。それが〝ルル〟だったため、カンタンがルルと名づけたのである。

（しかし、あの山で、よく生きていたな）

アレクサンドは内心首をかしげる。

なにしろ魔獣の棲息地である。

迷い込んだら最後、猟師や剣士でもない限り生きて出られない魔獣の山だ。

彼女のような若い娘が、山の奥深くにひとりでいたとは考えにくい。

被害にあった同行者がいたか、もしくは魔獣に連れ去られたか。

いずれにせよ生きていたのは奇跡だ。

半ば感心しつつ、気取《けど》られないようにアレクサンドはルルを観察した。

コトッと小さな音を立て差し出された皿の上のフルーツ。ふと目に留まったルルの手が、透き通るように白く綺麗《きれい》であると気づいた。

手のひらにタコがないゆえ剣士ではない。アレクサンドのように強いマナ――魔力や神聖力などを秘めたエネルギー――も感じなければ、暗殺者のように感情をコントロールしている様子もない。

ここにいるほかの侍女の手とも違う。

(荒れてもいないし、労働を知る手ではないな……)

正確な年齢はわからないが、恐らく十代後半だろう。

緑色の髪も瞳も珍しくはあるが、出身を特定できるほどではない。

だとすると――。

考えに耽《ふけ》りながらマンゴーを口に運び、ふと視線に気づき顔を上げると、慌てたようにルルは目を泳がせて頬を染めた。

そこでアレクサンドはふと気づく。

ガウンを無造作に羽織っただけで、ほぼ裸同然である。彼女はアレクサンドの、むき出しの胸もとを見て驚いたようだ。

(男の体を見慣れていないのか)

恥ずかしそうに耳まで赤くする様子に、思わずアレクサンドの口もとが緩む。

なんとなく好感が持てる。

昨日来た侍女候補は、体をガン見してきたうえに臆面もなく、瞳を輝かせてうれしそうにニッと笑い、その様子にアレクサンドは恐怖を覚えるほどだった。

安心しつつ、ひと通り食事が済んだところで、二杯目のコーヒーに手を伸ばしたアレクサンドは、満足げに酸味の効いた豊潤な味を愉《たの》しんだ。

「午後一時に、軽食とコーヒーを執務室に持ってきてくれ。昼食はそれで済ます」

「はい。わかりました」

にっこりと微笑むルルから視線をはずそうとして、ふと、動きを止めた。

なんとなく、懐かしい気持ちが湧いてくる気がする。

(笑顔か？　もしくは声か？)

だが、ルルに面影を残す若い女性には心あたりがない。

ほとんどの時間を戦場で過ごしたせいで、こんなふうに落ち着いて女性と会話を交わすことすら久しぶりだ。直近で会った女性の顔もはっきり思い出せないほど時が経《た》っている。

アレクサンドは、きっと思い過ごしだと気を取り直した。

長く城を空けていたせいで仕事がたまっている。

遅い朝食を済ませたアレクサンドは、着替えて下の階にある執務室に向かった。

扉を開けると、ハッとしたように若い男が振り向いた。彼はアレクサンドの右腕、秘書のピエールである。

「閣下。おはようございます」

巻き毛の赤髪で細面、愛嬌のある瞳は茶色。小柄なせいか若く見えるが、アレクサンドより一歳年上だ。

帝都のアカデミーを首席で卒業した優秀な人材で、年中城を空けるアレクサンドに代わり、彼が政務をこなしてきた。

「首を長くしてお待ちしてました。そろそろ迎えに行こうかと思っていましたよ」

ピエールは嬉々《きき》としてアレクサンドの机に書類を重ねる。

「別に俺がいなくても困らないだろ」

「なにをおっしゃいます！　冗談はやめてください」

むきになって声を荒らげるピエールに、アレクサンドは笑う。

「お前が好きにやった方がスムーズに運ぶだろうに」

城内の管理はカンタンに任せており、ピエールの仕事は主に領地内の管理だ。

税金の流れや道路や河川に上下水の整備に治安維持。時には領地民の声に耳を傾けるなど、領主の仕事は山積みである。

いっそ、ピエールに丸投げしたいのが本音だ。彼さえ首を縦に振るなら、この領地をそっくりくれてやろうとさえ思う。わりと本気で。

「何度も言いますが、私は閣下の下だからこそ、こうして働いているんです。領主にもなりたくありませんし、閣下がいなければ帝都で事業でもしますよ」

ピエールは侯爵家の三男であり、個人の爵位は男爵という自由の身である。

アレクサンドの誘いがなければ、こんな僻地には来なかったと言ってはばからない。

「わかったわかった。で、この書類の山から片づければいいんだな」

機嫌を直し、はいと答えたピエールは、一番上の書類を満面の笑みで差し出す。

「取り急ぎお願いしたいのが、こちらです。皇室が直接魔石の取引をしたいとやかましく」

皇室と聞いてアレクサンドは顔をしかめた。

「閣下が不在のうちに脅《おど》しをかけてきましたよ」

手紙には、アレクサンドが無理なら代理人が急ぎ宮殿に来いと書いてある。

「勝手はできないと、かわしてきましたが。わざわざ閣下がいないときを狙うんですからね」

「相変わらず、どこまでも姑息《こそく》だな」

二歳違いの異母弟ディートリヒの、にやついた顔を思い浮かべ、アレクサンドの眉間の皺《しわ》は深くなる。

ディートリヒが皇帝になってから約一年。その前後から厄介事が起こり始めた――。

彼が皇帝の座に就く少し前、アレクサンドがイデアル王国との戦争中に事件は起きた。

【ルイーズ事件】といわれる帝都を震撼《しんかん》させた事件である。

当時皇太子ディートリヒの婚約者ルイーズが、時の皇帝ら五人の皇族を毒殺した。

事件は晩餐室《ばんさんしつ》で起き、皇帝のほか皇后と第三皇子、側室たちが犠牲になったのである。

ディートリヒはちょうど隣国の大使と会食中で、ルイーズは体調不良で晩餐に参加はしていなかったという。

原因はワイングラスに塗られた毒で、実行犯と思われる侍従は遺体で発見された。

その後、侍従のポケットに残っていた毒入りの小瓶と同じ物が、ルイーズの寝室から出てきて、それが証拠となり、彼女は主犯として捕らえられた。

皇族殺害の罪は重い。ルイーズは本来なら処刑だが、毒の入手経路がはっきりしないなど、証拠不十分により、ひとまず幽閉と決まった。

幽閉先は西の塔。劣悪な環境の中で死ぬに死ねない苦痛を味わわせるという重い刑である。

戦場にいたアレクサンドが事件を知ったのは、すでに処分が決まりルイーズが西の塔に送られた後だった。

魔獣の山の山道で、護送の馬車が魔獣に襲われた。

御者の遺体は発見されたが、ルイーズの遺体は見つからず、行方知れずになっている。とはいえ状況から察するに、生存の可能性はゼロに近い。

凶行に及んだ理由は、皇后に戒められ逆恨みをしたともいわれているが――。

どうしても、引っかかる。

◆大公アレクサンド

アレクサンドがルイーズに最後に会ったのは二年前。当時の彼女を思うに、どう考えても事件と結びつかない。

ゴーティエ公爵が娘に毒を渡したといわれているが、功臣である公爵が娘に毒を渡す理由もなければ、二十歳前の公爵令嬢が皇帝の毒殺などという大胆な犯行を企てるとは到底思えない。

なんといってもゴーティエ公爵はアレクサンドの剣の師匠である。

アレクサンドの父親である前皇帝も公爵には全幅の信頼を寄せていたのだ。そんな彼が反旗を翻すわけがない。

父が生きてさえいればと思うが、前皇帝は、なんの言葉も残せず、即死だったという。

アレクサンドは、戦地から一時帰国して葬儀には参列した。

『ディートリヒ、なぜ俺を裁判に呼ばなかった』

『兄上の邪魔をしてはいけないと思いまして』

のらりくらりとかわすばかりのディートリヒに不信感を拭えないまま、葬儀が終わるとすぐに戦地に戻った。

真相が掴めない。

調べたところ、婚約者として宮殿に入った公爵令嬢ルイーズが、派手な生活ぶりだったのは本当らしい。

高価な宝石や豪華なドレス。著名な音楽家を招いての盛大なお茶会。

その頃、民衆は悪天候による凶作続きで、貧しさに喘《あえ》いでいたというのに顧みず、どこ吹く風の派手な暮らしぶりだったという。しかし――。

アレクサンドが考え込んでいると、ピエールが話を続けた。

「閣下が帰るまでと先延ばししていますが、皇帝からは矢の催促で」

アレクサンドは鼻を鳴らす。

(なにに使うつもりだ)

魔獣の心臓には核となる石があり、強力な魔力を持っているゆえ魔石と呼ばれた。

魔石にはいくつも使い道がある。

魔石があればマナの力を倍増できるし、魔道具を作れるのだ。

たとえばマナを操る騎士は、魔石があれば戦闘で消費したマナをすばやく補充できる。

魔石の力を利用する道具を魔道具といい、魔石の種類によってさまざまな魔道具がある。

発光する魔石は照明がわりになるし、発熱する魔石は暖房具になる。ほかにも浄化、保護など、石が持つエネルギーを利用することによって、魔道具の可能性は無限に広がるのだ。

強い魔獣ほど魔石のパワーは強く、宝石以上に高額で取引される。

魔獣の山に囲まれている大公領はある意味、帝国で最大の魔石の産地ともいえた。

だが並大抵では魔獣は倒せない。

皇帝の名をもってしても渡せと〝命令〟できないのは、アレクサンドでなければこの地を治められないとわかっているからだ。

「治療師たちが魔石不足で困っているのだと、もっともらしい理由を言うんですがね」

「こざかしい」

ディートリヒは皇太子時代に、ふたつだけだが、一見よさそうな政策を施している。

孤児院の設立と市民のための無償の療養所の設立だ。

だがそれはあくまでも父親である皇帝へのアピールにすぎない。

真に民衆を思っていない証拠に、孤児院の子どもたちは劣悪な環境に置かれ相変わらず飢えているし、療養所にはひとりしか治療師がおらず、行列が絶えない。

あくまでポーズなのだ。

「なにが治療師だ。あいつが平和のために魔石を使うわけはない」

そう吐き捨てたアレクサンドは羽根ペンを取り、さらりとひと言だけ書いて封をした。

「これをディートリヒに」

ピエールは怪訝《けげん》そうに目を細めた。

「いったいなんと書かれたのです？　ずいぶん短いようですが」

「【却下】だ。説明なんか必要ない」

あははと、ピエールは高らかに笑う。

「閣下でなければ書けない言葉ですね。しかし、これを機に閣下の評判を落とす狙いもあるでしょうし」

帝都ではすでに、アレクサンドが魔石を独占しているという噂が流れている。

「いずれにしろ近々帝都には行くさ。それで、今、宮殿の様子はどうだ」

アレクサンドは帰還後まだ宮殿に行っていない。それどころか、この二年間一度も行っていない。神殿で行われた前皇帝の葬儀には参列したが、それを除けば、帝都にすら足を踏み入れていなかった。

宮殿とのやり取りは騎士団長とピエールが代行している。

ピエールの笑いが苦笑に変わる。

「相変わらずですよ」

――帝国グロワールは二百年余の歴史を持つ。

ドラゴンの化身といわれた初代皇帝は生前退位しており、在位期間は百年。百五十歳以上生きたと伝承されている。

現在の帝国の基盤をつくり繁栄させてきた初代皇帝が、素晴らしすぎたのかもしれない。二代三代と代を重ねるごとに皇族は堕落していった。

アレクサンドや現皇帝ディートリヒの父親は四代目の皇帝だったが、彼の頭の中には享楽しかなかったといわれている。

政務を顧みる意志はまったくなく、美妃を侍らせ酒池肉林《しゅちにくりん》の日々を過ごしていた。

歴史に残る愚かな君主といわれているが、実はそれは違う。

『アレクサンドよ、西の不安さえ解消できれば、帝国の曇りなき未来は保証される。頼んだぞ』

前皇帝は無駄に遊びほうけていたわけじゃない。

侍らせた美姫は皆、政治的な人質だったが分け隔てなく愛情を注いだ。

自らが放蕩《ほうとう》ぶりを発揮することで、帝国に害をもたらす奸臣《かんしん》を密かにあぶり出していたのである。

事実、人格者であるゴーティエ公爵を中心とした功臣を従え、帝国は安定していた。

ディートリヒを皇太子にしたのも、意味がある。

イデアル王国との戦争が終結するまで。すべて必要な処置だった。

（父上……）

ようやくイデアル王国との決着がついたというのに。

無念な思いがあふれ、アレクサンドは拳を強く握った――。

「勝利の報告に、ディートリヒはなんと答えた？」

普通に考えれば、このうえない祝福をされるはずだ。

イデアル王国では帝国にはない高純度の砂糖が産出される。今後は安く手に入るし、穏やかな海に臨むイデアル王国の肥沃な領地五分の一と、自由貿易を勝ち取った。

賠償金だけでも、ダイヤモンドの鉱山三カ所の採掘権を手に入れているし、なによりも帝国の重要な油田を守りきったのである。

「さすが兄上だと、笑っていらっしゃいました。次は南にでも行くのか、と」

　アレクサンドはうんざりとしたように「行きたきゃお前が行けよ」と吐き捨てた。

　ディートリヒはただの一度も戦争に参加していない。

　戦争がどんなものなのか知ろうともしないし、ただ顔を背けるだけだ。考えてみれば帝都から出たことすらなく、これまでの人生のほぼすべてを宮殿で過ごしている。

　前皇帝を含め、愚帝と揶揄《やゆ》された三代目すら、代々の皇帝全員が一度は戦地に赴き、為政者の責任を背負い最前線に立ち戦っている。

　なのに、それでいいのかと、アレクサンドは失望を超えて絶望的な気持ちになる。

「それにしても……」

　ピエールは大げさにため息をつく。

「どうやら陛下は誤解されているようですね。閣下が戦争好きだなんて、本気で思っているんでしょうか」

「思っちゃいないだろ。俺が狂っているというイメージを植えつけるのが目的だ」

　兄は狂暴で人の命を石ころのようにしか思っていないと、必死に吹聴《ふいちょう》している姿が目に浮かぶようだと苦笑する。

「ですが、閣下が皇帝の椅子にまったく興味がないと信じているようですよ？　まぁ、私も騎士団長もそう思わせるように仕向けてはいますが」

「信じたいんだろう。自分を守るためにな」

「なるほど、閣下はよくわかっていらっしゃる」

ディートリヒの頭には自分しかない。

プライドばかりが高く、プライドを守るために己の殻に閉じこもる。

子どもの頃、どんなに剣術をがんばってもアレクサンドにかなわないとわかると、ディートリヒはまったく稽古をしなくなった。

負けを認めるのも人に知られるのも嫌だから背を向ける。そうやって大人になったからか、彼には権力以外誇れるものがない。

高すぎるプライドを満たすため、皇帝の地位を渇望したんだろう。皇太子の座をアレクサンドだけには取られたくなかったはずだ。

（ディートリヒ、昔から変わらない奴《やつ》だが……）

皇太子になってもなお、父親を信じられずに――。

ふと、外からキィー、キィーというハヤブサの鳴き声が聞こえてきた。

念のため外を見れば、鷹《たか》使いが訓練しているようだ。

前皇帝はハヤブサが好きだった。ハヤブサのように、時に鋭く豪快で自由。悪人になる度量があって。

悔やみきれない思いが湧き上がり、奥歯がギリッと音を立てる。

(父を殺めた奴は許さない)

絶対にと、心密かに誓う。

「――それで？　些細《ささい》なことでもいい、ディートリヒは、ほかになにか言っていたか？」

アレクサンドが話を戻すと、ピエールが「そうですね」と言って思いを巡らす。

「戴冠式に閣下が参列しなかったのを気にかけているようでした」

アレクサンドは、長らく宮殿には行っていない。帝都のはずれにある神殿で行われた前皇帝の葬儀には出席したが、帝都にあるタウンハウスに数日滞在しただけで領地に戻っている。

ディートリヒの戴冠式には、戦地から離れられないと理由をつけて欠席したのだった。

「口にはしませんが、いまだに貴族たちの疑惑を払拭できずにいるようです。必死に世論を操作しようとしているようですが、誰もがゴーティエ公爵の人柄をわかっていますからね」

「当然だ。公爵が父の毒殺など企てるわけがない」

忌々しげにアレクサンドは眉間に皺を寄せる。

「皆、あいつが思うほどバカじゃない。目も耳もある」

「ええ。結局、毒の入手経路など明白な証拠をあげられず、ルイーズ様は幽閉。公爵は爵位の剥奪《はくだつ》と領地没収にとどまりましたからね。といっても現状、ルイーズ様は西の塔にたどり着く前に行方不明、公爵は軟禁状態ですが」

帝国には三つの勢力があった。

前皇帝を支持する皇帝派。中心はゴーティエ公爵。

二つ目は現皇帝ディートリヒを支持する皇太子派。中心はディートリヒの母方の実家ランベール公爵家。

そして三つ目の中立派と分かれ、うまく均衡を保っていた。

ディートリヒはルイーズ事件を機に、彼女のみならずゴーティエ公爵も一気に斬首刑までもっていこうとした。

そのままの勢いで、勢力図を塗り替えようとしたのだ。

だが、彼の計画は、最初からつまずいたのである。

「一部では、閣下を推す声が依然として根強いのも事実です。しかもその声が民衆からあがっているので、弾圧するわけにもいかず、焦っているようですよ」

「民衆？　帝都のか？」

ほぼ戦地にいる俺がなぜ民衆に、とアレクサンドは怪訝そうにつぶやいた。

領地民ならいざしらず、帝都の庶民とは接点がない。

ピエールは「領地の繁栄と、兵士たちの声によるものですよ」と答えた。

「ここは税金も安いうえに社会福祉も充実。繁栄する一方の領地もですが、閣下とともに戦った兵士は、閣下の人となりを知っていますからね。それに彼らの多くは帝都に親類縁者がいる」

ピエールは続ける。

「ゴーティエ公爵の存在も大きいです。公爵が爵位を剥奪され領地を没収されてもなお、彼を信じる声はやまない。閣下なら公爵の無実を証明してくれるはずだと」

ゴーティエ公爵はかつて帝国随一のソードマスターであった。

帝国を強国にしてきたのは、ゴーティエ家の剣によるところが大きい。

今でこそアレクサンドが先陣を切っているが、その先駆けとなったのは、彼の師匠であるゴーティエ公爵にほかならない。

公爵は二年前、脇腹に深傷を負い一線を退いているが、勢いも迫力も衰えていない。剣の弟子はアレクサンドだけでなく多くいるし、皆が重要ポストについている。

それだけじゃない。公爵は領地の治政に力を入れていた。

領地民の信頼も厚く、ルイーズも愛されていたようだ。皇帝毒殺の容疑をかけられたときも、領地民が公爵家の無実を訴え、大挙して宮殿に押し寄せたのである。

ディートリヒが新聞などを使い情報操作をしたせいで、騒ぎはいくらか下火になったが、声は継続してあがっている。最近になり、勢いは増しているようだ。

ただし、貴族間では、ルイーズについての意見は割れているらしい。

ルイーズ・ゴーティエ公爵令嬢。

彼女の母親マリィは、いっときアレクサンドの乳母だった。

マリィはまだよちよち歩きの幼いルイーズを宮殿に連れてきたことがある。

『殿下、私の娘ルイーズです。ときどき遊んであげてくださいね』

（そういえばあの子の愛称はルルだったな）

マリィが幼いルイーズを、ルルと呼んでいたのを思い出した。

（ルル……）

思いに耽っていると扉が静かに開いた。

護衛騎士が開けた扉から入ってきたのはルルである。

彼女は無言のまま頭を下げると、コーヒーやお茶の一式をのせたワゴンを押して入ってきた。

時計を見れば、昼食を頼んだ午後一時までまだ時間がある。

ひとまず飲み物を届けに来たようだ。

「あれ、ルル」

ピエールが親しげに声をかけた。

「ピエール様。こんにちは」

ルルはピエールに微笑みかける。

まったく立場の違うふたりだが、気やすい間柄であることに、アレクサンドは納得した。

ピエールは屋敷を持たず、城に寝泊まりしている。

不在がちなアレクサンドに代わり緊急時の対応をするためもあるが、特権意識が低く、使用人たちと気さくな関係を築きたいという思いもあるらしい。それゆえ、彼がルルと親しくなったのも当然のことだといえる。

「閣下はコーヒーでよろしいですか？」

「ああ」

「僕は甘い紅茶で」

聞かれてもいないのにピエールが答えた。

「はい。わかりました」

ワゴンの上で、ルルはコーヒーを淹れ始める。

その様子を横目で流し見ながら、やはり面差しに見覚えがあるような気がした。

痩せ気味だが背格好は普通。美人だが、個性的な顔立ちではない。身体的にもこれといった特徴はないようだ。

強いていえば髪だが、帝国にはさまざまな髪色の者がいる。

緑色の髪も瞳も珍しいほうではあるが、それだけで記憶に残るほど異質ではない。

（なんだろう、この懐かしさは……やはり誰かに似ているからなのか？）

誰にと考えて、ふと思い出した。

さっき乳母のマリィのことを思い出していたからだろうか。アレクサンドの頭にマリィの面影が浮かんでくる。

（ルイーズの愛称もルルだったが……）

考え込むうちに、アレクサンドはルルをジッと見てしまっていた。彼と目が合い、彼女は戸惑いの表情を見せた。

「あ、えっと……」

「ん？」

「コーヒーは、どちらに置けばよろしいですか？」

いつの間にかコーヒーができあがったらしく、彼女はカップをのせたソーサーを持ち、書類が積み上がった机を見て戸惑っている。

「飲み物は机じゃなくそのテーブルの上でいい。今後もそこに置いてくれればいいから」

「はい。承知いたしました」

ルルはにっこりと微笑んで、アレクサンドが指をさしたテーブルの上にコーヒーを置く。

「僕のお茶もそこでいいからね。おかわりできるようポットも置いていって」

ピエールが口を挟み、ルルはクスッと笑う。

「はい」

お茶を出し終えたルルが部屋を出ると、ピエールがうれしそうに振り向いた。

「ルルに決めたんですね」

「ずいぶん気に入ってるみたいだな」

「そうですか？」

つんと澄ますが、ピエールがさっきのようにわかりやすく笑顔を向けるのは珍しい。

「あからさますぎるだろ」

ピエールも美人には弱いのか。

こんな田舎ではなかなか見かけないような美しい娘であるから、しかたないかもしれないが。

（まったく）

あきれたようにため息をつくと、ピエールは、彼女は特別なのだと言った。

以前カンタンの屋敷の庭の木陰で、彼女がひっそりと泣いているのを見かけたという。

「でも人前ではまったくそんな様子は見せないで、いつもにこにこしているんですよ」

なるほど同情したわけかと納得した。

ピエールには同じ年頃の妹がいるからよけいだろう。

「身元の手がかりになるものは身につけていなかったようですが、もしかしたら彼女、貴族の家で働いていたのではないかと思うんですよ」

カンタンからも、そんな話は聞いていた。

ルルは庶民では目にしないであろう魔道具をなんの抵抗もなく、使いこなしたという。

話す言語から考えて帝国の者には違いなく、おまけに丁寧な言葉遣いは上流階級を連想させる。

だが、使用人らしからぬ、白魚のような手から考えられるのは……。

「貴族という可能性はないのか？」

「ないでしょう。念のため調べましたが、帝国の貴族で行方不明者に該当しそうな令嬢はいませんでしたから。髪と瞳の色も誰とも一致しませんでしたしね」

「それもそうだな」

髪色や瞳を変える方法はいくつかあるが、魔力がない彼女が瞳の色まで変える方法は、魔道具か魔法薬だ。

魔道具は身につけていないし、薬の効能には期限がある。長くて一日だ。発見されてから二週間寝込んでいる間も変わらなかったとなると、薬だとは考えにくい。

「ピエール。あの娘、誰かに似ているような気がするんだが。どう思う？」

先入観を持たないよう、あえて〝ルイーズ〟にとは言わなかった。

「どうでしょう」

ピエールは顎に手をあて考える。

「整った顔立ちではありますが、個性的ではないですしね」

「まあ、そうだな」

考えてみると、上流貴族ではないピエールが公爵令嬢のルイーズと接する機会はなかったに違いない。少なくとも声は知らないはずだ。

アレクサンドは記憶にあるルイーズを脳裏に呼び起こした。

少なくとも声は似ていると思う。

髪型を整え化粧を施し、ドレスを着たルルを想像してみた。

似ているような気がするが、言いきれる自信はない。

やはり髪と瞳の色の違いは大きい。

ゴーディエ公爵の髪色は薄いアッシュグレー。瞳の色はアンバーで、ゴールドに近い。マリィは銀色の髪に赤みがかった紫色の瞳をしていた。

ルイーズもマリィと同じ銀色の髪で、瞳はマリィよりもやや青みが強い紫だったという記憶がある。

どちらにせよ髪も瞳も緑とはほど遠い。

（他人の空似か……）

◆大公と新しい侍女

「ふぅ」

アレクサンドの部屋を出たルルは、大きく息を吐き、ホッとしたように胸に手をあてた。

（緊張した……）

専属侍女になり、今日で三日目。

とりあえずなんの問題もなく順調に仕事をこなしているが、気持ちはまだ慣れない。

ガラガラとワゴンを押しながら、ルルは主人、大公アレクサンドについて考えた。

この城で働くひと月の間、厨房や食材庫で彼の噂をたくさん聞いた。

長い戦争に決着をつけて帰ってきた彼は、帝国の英雄である。

数日前、凱旋した彼を民が歓声をあげて出迎えた。

ルルは城内の広場でほかの使用人たちとともに、その様子を見ていた。

歩兵の後に続いた騎馬隊の先頭。甲冑《かっちゅう》は身につけておらずマントと同様の黒い戦闘服を着ていて、黒馬にまたがった彼が大公だと、初めて彼を見るルルにもわかった。

ひらりと馬を下りた彼は、ひときわ背が高く、逞しい体躯《たいく》で、強い存在感を放っていて。

彼が観衆に向き直り右手を上げると、大きな歓声が沸き起こった。

遠くからでも見て取れる、はっきりとした綺麗な顔立ち。きらりと光った赤い瞳。マントの内側は赤くて、大きな漆黒の馬がまるで血を被ったような生々しさがあったけれど、恐怖は感じずむしろ神々しいとさえ思った。

震えるほどの感動を思い出し、胸がドキドキする。

『いいなぁルル』

『ルル、人手が必要なときは私に言ってね！』

アレクサンド付きの侍女になったとき、ルルは先輩の侍女たちにさんざんうらやましがられた。

彼が女性の憧れの的なのも当然だと思う。

（あんなに素敵な方なんだもの）

ある先輩の『あの逞しい胸に抱かれてみたいわ』との発言を思い出し、ふいに彼のむき出しの上半身が脳裏に浮かんだ。

さっきも割れた腹筋に厚い胸板がはっきり見えた。

男性ならではの逞しい体躯に、うっかり目が釘《くぎ》付《づ》けになってしまう。

「ああ、もう恥ずかしい」

ポッと頬に火がつき、脳裏から追い出そうと慌ててプルプルと左右に首を振る。

気を取り直して先を急ぐ。やることはたくさんある。

廊下の先には大きな魔法陣があり、そこに入ると厨房のある一階に行けるのだ。

「ルル」

振り返ると、侍女長が足早にやって来た。

はいと返事をするより先に質問が飛んでくる。

「閣下の様子はどうです？　ルルが担当になって、今日で三日目ですよね？」

食いつかんばかりの勢いだ。

「えっと。様子ですか……」

なにをどう答えたらいいのか。今朝の様子が普通かどうか普段のアレクサンドを知らないルルには判断つかない。

「お元気そうでしたよ？　お顔の色もよく、お食事は完食されていましたし」

侍女長はじれったそうに「そうではない」と言う。

「あの方はすこぶる丈夫なの。風邪ひとつひかないわ」

「そうでしたか」

ならばなにを答えればいいのかと首をかしげる。

「コーヒーがまずいと言われたりは？」

「いいえ。コーヒーのお味はいかがですか？と聞くと、うなずいていらっしゃいました」

おいしいという返事はもらえなかったが、顔をしかめるでもないのだから、たぶんまずくはなかったのだろうとルルは思う。

執務中も何度か運んだが、下げるカップはいつ見ても空だ。まずければ残すだろうし。

「もう来るなと言われたりしてませんか？」

「えっ？　い、今のところ、言われてませんが……」

ビクビクしながら報告すると、侍女長はようやくホッとしたように肩の緊張を緩めた。

「そう、よかったわ。引き続きがんばりなさい」

「はい。がんばります」

そのまま侍女長とふたり、並んで歩いた。

「でも、私などで本当によろしいのでしょうか」

ルルはこの城でひと月しか働いていないし、ほぼすべてが不慣れと言っていい。おまけに記憶喪失という訳ありな存在である。素性がわからない人間を置いておくだけで、リスクを伴うかもしれない。

「いいのですよ。そもそも先任が退職してから、かれこれ十人ほどが候補にあがりました。ですが大公の首を縦に振らせたのはルル、あなたが初めてなんですよ」

ギョッとして侍女長を振り向いた。

「そんなに難しいお方なんですか？　閣下が？」

いつも穏やかな彼が気難しいだなんて想像できない。

侍女長は大きくため息をつく。

「ええ。眉間に皺を寄せて〝もういい下がれ〟と、言われたらおしまいです」

眉間に皺……と考えて、書類を睨んでいるアレクサンドを思い浮かべた。

だいたいいつも縦皺を寄せているが、あれはなにかを不満に思っているのか？

「よいですか？　ルル。あなたしかいないのです。自分を卑下したりせず、その調子でよろしくね」

「はい。わかりました」


朝食の後片づけを済ませたルルは、掃除のためにアレクサンドの部屋に戻った。

侍女長の話を聞いた後なので、恐る恐るノックをしてから入ったが、彼は不在のようである。

忙しい彼は、着替えてすぐ下の階にある執務室に行ったのだろう。

ホッとして肩の力を抜く。

「眉間に皺を寄せて〝もういい下がれ〟か……」

侍女長はああ言ったが、どんなふうに言うのだろう。

今のところ怒った彼は想像できないが、きっと迫力満点に違いない。

できればずっと遭遇せずにいたいものだと思いながら、シーツを変えた。

皺がないようにピンと張る。

『ルルって貴族の暮らしぶりがわかっているみたいね』

仕事を教えてくれた先輩侍女のネージュは、この城で侍女になり、知り得た一つひとつに驚いたらしい。

『いくら貴族様でも、シーツなんて少しくらい皺があったっていいと思っていたし、お風呂に香油を入れるなんて知らなかったわ』

ルルは『カンタン様のお屋敷でしばらくお世話になったからですよ』とごまかしたが……。

移動用の魔法陣の使い方は教わったけれど、教わらなくても体が覚えていた。

実はランプの形を見ただけで、光る魔石を使う魔道具だと知っていたし、発熱する魔石を使う暖房具や、映像を記憶できる魔石の映像具なども、聞かなくても全部使いこなせる。

高価な魔道具は、裕福な商人か貴族しか使わないため、カンタン夫人はルルに『あなたはもしかしたら貴族かもしれないわ』とまで言った。

ルル自身には理由がわからないが、身についている仕草からそう感じるのだと。

それにルルは帝国語の読み書きに加え、古代語やイデアル王国の言葉も自在に扱える。状況から察するに、高等教育を受けたのは間違いない。

だが、帝国の貴族に該当する行方不明者はいないという――。

「ふぅ」

シーツの交換を終えたところで、ルルはモップを手に窓際に行き、青い空を見上げた。

広がる空の下の、どこかで生きていたのだ。

（私はいったい誰なのかしら）

知りたさ半分、知りたくない気持ち半分。心は定まらない。

「だめだめ」

パンパンと頬を叩《たた》く。

もう考えないと決めたのだ。

気を取り直し、シーツや洗い物を「よいしょ」とまとめていると、扉が開いた。

（あ、閣下）

ごくりと息をのむ。

主人にとって侍女は空気のような存在だ。あえて声に出さず、会釈だけをする。

「ルル、着替えを手伝ってくれ」

「はい」

彼はまっすぐ衣裳部屋に入っていく。

ルルも急いで後を追い中に入ると、上着を脱いだ彼は、白いシャツだけになる。

「帝都から急な客が来た。相手は年上の公爵だからそれなりの服装で迎えたい。適当に選んでくれるか？」

「わかりました」

ズラリと並んだ衣装は、ほとんどが黒や紺をベースにしたものだが、それぞれ、袖や襟などに施された金糸銀糸の装飾が大きく違う。

（お客様が目上の公爵となると……）

公爵は上位貴族だが、大公から見れば位は低い。束《つか》の間《ま》考え込んだルルは、最上級とはいわないまでも、それなりに装飾を施された黒地の美しい上着を手に取った。

「こちらでいかがですか？」

「ああ、それでいい」

最初にシャツに襟をつけクラバットというスカーフを巻きつけて結ぶ。

その後もルルは特に悩みもせずにベストを手に取り、上着を着るのを手伝うとアクセサリー選びも手伝った。

「誰かに教わったのか？」

「はい。侍女長に教えていただきました」

侍女長からクラバットの結び方や着る順番やアクセサリーのつけ方を学んだ。

服選びについては特に教わっていない。

『試しにこの中から状況に合わせてごらんなさい』と言われ、接客用、舞踏会用、宮殿での晩餐会用と並べていくと、それを見た侍女長が、服選びは問題ないと言ってくれたのだ。

アレクサンドは自身の服装に無関心らしい。言われるがまま着ると聞いていたが、その通りだった。

（なにを着てもお似合いなのよね）

最後に背伸びをして、クラバットを留めるピンブローチをつけていると、ふとアレクサンドと目が合った。

それが引き金になり、急に羞恥心に襲われて胸がはじかれたように高鳴ってくる。

（ど、どうしよう）

ほんの目と鼻の先にアレクサンドの顔がある。

彼はニッと口角を上げて、目をやわらかく細めた。

にっこりと微笑み返したものの、暴れる心臓は飛び出しそうだし、耳まで真っ赤になっていると思う。

これから衣装替えのたびにドキドキのし通しなのかと思うと、密かにため息が漏れた。

「安心しろ。今日だけだ」

（えっ！）

三日目にして、もうクビ？

ため息をついたせいで、不満があると思われたのか。

「も、申し訳ありません、閣下。もう少しがんばらせてください！」

ルルは思いきり頭を下げた。

カンタンや侍女長、皆に応援されてきたのに、このまま辞めるわけにはいかない。

「ん？　なにを謝っているんだ」

顔を上げると、アレクサンドが怪訝そうに見つめている。

「もしかして専属侍女をクビになると思ったか？」

「はい。――違うのですか？」

彼は困ったような表情で髪をかき上げながら、左右にかぶりを振る。

「お前には専属侍女を続けてもらう。もともと身の回りの世話をするマロという護衛騎士もいるんだ。着替えとか風呂で背中を流してもらうのは、同性のほうがいいだろう？」

（あ……。なるほど）

先輩侍女が、よく〝マロ様がいないから〟と口にしているのを聞いたが、そういう意味だったのか。

「マロは一緒に戦争に行っていたんだ。久しぶりの帰国だから今は休暇を取っているんだが、明日には城に戻る」

「そうなのですね」

でも、さっきのため息は失礼だった。

安心しろと言わせてしまうなんて、侍女として失格だわと反省する。

ため息はつかないようにしなきゃと考えて、ふと――。

『ため息をつくと幸せが逃げるのよ』

誰かの優しい声が脳裏をよぎった。

ときおり思い出す温かい声の記憶。

（もしかしたら、母なのだろうか）

「ん？　どうかしたのか？」

「あっ、いいえ、なんでもありません」

慌ててフルフルと首を左右に振る。

「ならいいが、なにか気になるなら忌憚《きたん》なく言うんだぞ」

「はい。ありがとうございます」

衣裳部屋を出たアレクサンドはソファーに腰を沈め、長い脚を組んで肘掛けに腕を置く。

ルルが水差しから水を注いでグラスをテーブルの上に置くと、さりげなく手に取った彼は、静かに水を飲み、背もたれに体を預けてゆったりとしている。

仕草もやわらかく優雅で、全身から気品があふれていた。

服装のせいもあるのかもしれないが、さすが皇族だわとルルは感心してしまう。

「城の生活は慣れたか？」

「はい。おかげさまですっかり慣れました」

先輩たちは皆優しい。

厳しい人もいるが、少なくとも意地悪な人はひとりもいない。

「制服もかわいいですし」

襟と袖口とエプロンは清潔感あふれる白で、ワンピースは黒というシンプルな制服だがとても気に入っている。

侍女の仕事はさまざまで、落ちない汚れに悪戦苦闘したりと大変な仕事もあるが、体を動かして汗をかき、一日の終わりにお風呂に入ったときの充実感と気持ちよさは言葉であらわせない。

「ここで働けて、とても幸せです」

口にしてから、その通りだと思った。

〝幸せ〟という言葉が心にしみじみと響く。

今とっても幸せだ。この城でずっと侍女でいたいと、ルルは心から思っている。

「それはよかった」

「閣下のおかげです」

ん?と彼は怪訝そうにする。

言葉が足りなかったのか「閣下が身を粉にして、平和を守ってくださっているから」と添えた。

もちろんそれだけじゃない。

　帝都のとある貴族の屋敷から転職してきた先輩の話によれば、貴族にはワガママや傲慢な人が多く、こんなに楽しいお屋敷は珍しいそうだ。

　アレクサンドの人柄のせいかこの領地にはそのような貴族はいない。

「俺ひとりじゃ無理だけどな。みんなのおかげだ」

　彼はそう言って肩をすくめる。

　そんなふうに答えるあたり、人柄のよさが滲《にじ》み出ていると思う。

「戦争はもうないと伺いました」

　イデアル王国以外の国は好戦的ではないと、カンタンから聞いていた。

　彼が自分から戦争を仕掛けたことは一度もないとも。

「ああ。イデアル王国と和睦できたからな」

　穏やかに微笑む彼からは、頼もしさこそ感じるが戦争狂などといわれる要素は微塵《みじん》もない。

　帝都の人々はなにを見ているのかと言いたくなる。

「今後は魔獣を退治するくらいだな」

「あ、そうでした。まだ魔獣という敵もいましたね」

　大公領は北から東側にかけ、ぐるりと魔獣の山に囲まれている。

　ときどき山から魔獣が下りてきて悪さをするので気が抜けない。

「奴らは天敵でもあるが、宝でもあるから大事に戦うよ」

「宝、ですか？」

ルルは訝しげに聞き返した。

魔獣は、ドラゴンが流した血や彼らが落とした鱗《うろこ》から精霊によってつくり出されたといわれている。

精霊や妖精の地を荒らした人間への報復だというが、実際に魔獣のいる山を奥へ進むと美しい景色が広がっているのだそうだ。

魔獣がいなければいい観光地になったはず。

天敵はわかるが、宝とはどういう意味なのか？

「魔獣の心臓からは魔石が取れるんだ。血や体液は薬や魔法薬。皮も肉も魔獣の体はほぼすべて貴重品だ。この領地は魔獣のおかげで潤っているのだからな」

なるほど。魔獣の不思議な体を考えれば、魔獣は精霊や妖精によってつくられた生き物だというのも納得できる気がした。

「魔獣も草食系なら結構かわいいしな」

「えっ、かわいい魔獣もいるのですか？」

アレクサンドはクスッと笑う。

「ルルが発見された洞窟は、ウサポンという灰色の大きなウサギみたいな見た目の魔獣の巣だ。攻撃されない限り人は襲わない。ルルは恐らくウサポンにくっついていたのかもしれないな」

「ウサポン……。そうなんですね」

発見された季節は初春でまだ肌寒かったというから、どうやって寒さをしのいでいたのかと思っていたが、なるほど大きなウサギとくっついていたのか。

灰色の大きなウサギを想像し、ワクワクした。

「そんなかわいい魔獣がいるなんて」

「俺たちが倒す魔獣は攻撃性の高い肉食の奴らだ。ウサポンみたいな草食系は臆病だから山の奥にしかいないし、滅多に見かけない」

アレクサンドは山の全域を把握していて、誰よりも魔獣に詳しいと聞く。

それならばと、思いきって聞いてみた。

「魔獣の血は特殊なんですか？」

山の洞窟で発見されたときのルルの服装は、粗末なワンピースだった。

魔獣の青い血を浴びていて、ルルは全身真っ青だったという。

その後、ワンピースはいくら洗っても青く変色したまま。どんな汚れも落ちる魔法の石けんを使っても、もとの色には戻らなかったのである。ルルは、ずっとそれが気になっていた。

「魔獣の血は薬にも毒にもなるが、魔獣の種類によるし、使い方によってもいろいろだ」

「あの……青い色の血は」

「ルルが浴びていた血なら、体には無害だ。染料には使われる。一度染まったら落ちない」

青い色の血が流れる魔獣はカエルのお化けのような姿をしていると聞いてぞっとしたが、それはそれ。無害と聞いて心が晴れた。

「安心しました。ありがとうございます！」

今までも心配ないとは言われていたが、アレクサンドの具体的な話を聞き、ルルは心から安心できた。

「帝国で俺ほど魔獣に詳しい奴はいないぞ。なんでも聞いてくれ」

彼の笑顔につられて、ルルもクスクスと笑った。

「ルル、なんにしろ、今がすべてだ」

アレクサンドは穏やかな笑みを浮かべたまま、ジッとルルを見る。

「今笑顔なら未来のお前も笑顔だ。なにも心配ない」

（えっ……）

ドキッとしたところで扉がノックされ、お客様が到着したとカンタンが呼びに来た。

立ち上がったアレクサンドは、テーブルの上にあった小さな花瓶から白いガーベラを一輪抜き、ルルに差し出す。

「白いガーベラの花言葉は〝希望〟だそうだ」

アレクサンドは照れくさそうに、「これを持ってきた侍女長の受け売りだけどな」と肩をすくめる。

「希望……。素敵な花言葉ですね」

受け取った白いガーベラを、ルルは見つめた。

「お前の未来は俺が保証する」

ハッとして顔を上げると、アレクサンドがにっこりと微笑む。

高鳴る胸に戸惑いながら、部屋を後にする彼の背中を見つめ、ルルは受け取ったガーベラをギュッと握った。

「ありがとう、ございます。閣下」

すでに扉の向こうへ消えたアレクサンドに向けて、ルルは心から礼を言った。

意味はわからないのに、それでも明日の幸せが保証された気がして、ルルの心は温かくなる。

来週も、寂しい秋も寒い冬も、きっと笑顔でいるに違いないと——。

◆遠い記憶

訪問者はランベール公爵だった。

ランベール家は皇帝ディートリヒの母方の実家であり、現公爵はディートリヒの祖父だ。

公爵はいち早く戦勝祝いに駆けつけたかったと言うが、ただ祝辞を言いたいわけじゃない。

アレクサンドの今後の動きが気になり、探りに来たに違いなかった。

「一週間ほど過ごして、お帰りになるそうです」

執務室にやって来たカンタンの報告に、大公アレクサンドは「それはなによりだ」と皮肉めかして答えた。

「一族の娘との縁談を持ってくるとはあきれたものです」

「本気じゃないさ、探りを入れたかっただけだろ」

公爵自身も、アレクサンドが縁談を受け入れるとは思っていないはず。

結婚相手が決まっているのかどうか。いるとすれば、どこの令嬢か。ディートリヒにとって脅威となりうるかを知りたいだけだ。

「まったく五十人も引き連れてきやがって」

魔獣の山を越えるためとはいえ、公爵は騎士二十人のみならず、三十人の衛兵を雇い従えてきた。

「今回のために頑丈な馬車を作らせて、怯《おび》えた目で外を覗《のぞ》き見ていたそうですよ。雇われ衛兵が笑っていました」

万が一魔獣と遭遇したときを考えたのか、馬車の中は鉄格子がはめられていた。

公爵は自慢げに語っていたが、実物を見たアレクサンドは苦笑を禁じえなかった。

あれではまるで、豪奢《ごうしゃ》な護送車だ。

そこまで怯えながら来る必要もないだろうにとあきれる。

「衛兵はともかく、騎士の動きは十分注意するよう指示してあるが、特に本城には無闇に入らせるなよ」

「承知しました」

烏城の南に位置する塔は見晴らしがよく豪華な造りの客間になっている。

公爵と騎士のうちの五人はそこに通した。本城とは一本の廊下でしかつながっていないため監視がしやすい。

残りの騎士と衛兵は、街の中心部にある宿にいる。すぐ近くに花街や娯楽施設があり、案内したマロが、彼らを遊びほうけさせるようにと支配人に耳打ちしてある。

「今晩にでも盛り場に連れていってやるか。公爵があきれるほど、戦争狂の自堕落なさまを見せておくさ」

一週間後には、安心して帝都に帰るだろう。

「それから、こちらお手紙が届いております」

カンタンが机に置いた箱には、封印がされた手紙が山ほど入っている。

チラリと見ただけで、アレクサンドは勘弁してくれとばかりに顔を背けた。

「ほとんどが帝都での舞踏会の招待状だと思いますが、中には縁談もあるかと」

ギロリと睨むが、カンタンは澄まして続ける。

「戦争も終わったのですから、そろそろよろしいのではないですか？」

アレクサンド率いる帝国軍の圧倒的勝利により、イデアル王国は完全に油田の盗掘をあきらめた。

強引に進めていたのは王国の軍事トップだったが、たび重なる敗退の責任を問われ失脚している。領地没収、公爵から男爵にまで位を下げたとの報告が入った。

完全にあきらめたと国の本気が見て取れる判断だ。イデアル王国にいる偵察隊の報告と合わせても、観念したと思って間違いないだろう。

戦争に明け暮れたアレクサンドにも、ようやく穏やかな平和が訪れたのだ。

「閣下おひとりでは、結局のところ未来は不安定なままです」

未婚の彼に跡継ぎはいない。

万が一のことがあれば、この地はどうなるか。

山は魔獣がでるだけでなくルビーやサファイアの鉱脈もある。貪欲で残酷な現皇帝ディートリヒは、この地での利益を根こそぎ持っていくだろう。

ここで暮らす領地民の平和は、間違いなく奪われる。

ランベール公爵の来訪理由は、この地の豊かさを確認するという目的もあるはず。

戦争が終わった今、太公アレクサンドさえいなければ――。そう思っているに違いない公爵のヘビのような眼差《まなざ》しを思い出し、忌まわしそうにため息を漏らす。

「わかってる」

婚姻はアレクサンドだけの問題ではないのだ。

「よそから跡継ぎを迎えるか」

「ほぅ、心あたりがおありで？」

すかさずカンタンに返されて、アレクサンドは「冗談だ」と開き直った。

帝国において、貴族に跡継ぎとして認められるのは直系の者と決められている。

アレクサンドが外部から迎えられるとすれば、彼自身の血を引く子どもだ。

相手の女性の身分は問われないが、実子かどうかは神殿で調べられ、偽装できない仕組みになっている。

「真面目に考えるよ」

「ありがとうございます。この地の領民を代表して、よろしくお願い申し上げます」

ふざけているわけではなく、真剣な表情のまま頭を下げたカンタンは執務室を出ていった。

（悪いな。もう少し待ってくれ）

扉の向こう側へ消えてカンタンの背中に、心の中で謝った。

結婚より先にやるべきことがある。

アレクサンドはそんな胸の内をまだ誰にも打ち明けていない。

とはいえ結婚も、避けては通れない道だ。

再びため息をつき、封書の宛名をいくつか見た。

名だたる貴族の名前ばかりだが、どこの家門の令嬢も思い浮かばない。

これまでろくに社交活動もしていないのだ。令嬢がこぞって参加するような舞踏会にも、久しく行っていないのだから、知らなくて当然だろう。

背もたれに体を預け、記憶を呼び起こした。

（あれは四年ほど前か）

戦争の報告するために宮殿にいたアレクサンドは、その日たまたま予定されていた舞踏会に出席することになった。

そのおかげで久しぶりにマリィに会い、言葉を交わしたのだった。

『大公閣下、大層ご立派になられて』

マリィは涙を流して成長を喜んでくれた。

ゴーティエ公爵夫人マリィは、二代目の乳母だ。

最初の乳母は宮殿に向かう途中の事故で亡くなっているが、本当に事故だったかはわからない。なにしろアレクサンドの母であった当時の皇后には権力がなく、乳母を守る力もなかった。アレクサンドの母親は、敗戦国から貢ぎ物のように嫁いできた孤独な皇后で、マリィは唯一の友人でもあった。

その母が亡くなったとき、心から悲しんでくれたのはマリィだけである。

初代乳母、母親と、次々と不穏の死を遂げる中、マリィが無事だったのは、ゴーティエ公爵家が大きな権力を持っていたからだろうと、アレクサンドは推測している。

とはいえ、宮殿ではなにが起きるかわからない。彼女の身を案じたアレクサンドは九歳になったとき、自ら父親に乳母はもういらないと進言し、解任している。

マリィと会話を交わしたのは久しぶりだった。

『そなたも元気そうでなによりだ』

あのときは健康そうに見えたが、マリィはすでにこの世にいない。彼女は病に倒れひとり娘ルイーズを残して亡くなった。戦地で訃報を聞いたはずなのに、アレクサンドはいまだに彼女が元気でいるような気がしてしまう。

マリィと再会したあの舞踏会は、十六歳を迎えたルイーズのデビュタントでもあった。

そんなことを思いながら、アレクサンドはルイーズの記憶をたどり始める。

◆遠い記憶

緊張にほんのりと赤く染めたルイーズの頬にはまだ幼さが残っていた。

だが、母親が帝国一の美女と謳われただけあって、彼女もまた抜きん出て美しかった。

絹の糸のような煌《きら》めく銀髪。アメジスト色の瞳は光の加減で空のように青く輝いたり、暮れなずむ空のようにもなる、まるで生きる宝石のようだった。肌は抜けるように白く、深窓の姫君といった風情で、踊るさまは、まるで妖精のようだと言う者もいた。

総じて彼女は、帝国が誇る、月の女神と謳われた。

おまけに帝国の剣といわれるゴーティエ家の令嬢である。

非の打ちどころがない花嫁候補のダンスの相手は、アレクサンドの二歳下の弟、当時十七歳の第二皇子、皇太子で現皇帝ディートリヒ。

アレクサンドはその様子を冷えた目で一瞥《いちべつ》し、会場を後にした。

当時アレクサンドの心は戦場にあった。

令嬢たちの初々しい華やかさは、人々の血の海に浮かぶ幻影である。まったく戦地に行こうとせず、享楽的で贅沢にしか関心のない弟たち。欲と虚飾にまみれた貴族ども。アレクサンドの目には、すべてがくだらない茶番劇だと映った。

ルイーズの恥ずかしそうな笑みも陽炎《かげろう》の中にかすんで消えた。

次にルイーズを見かけたのは、今から二年ほど前になる。北の蛮族との戦いに勝利し、ゴーティエ公爵邸に立ち寄ったときだった。

アレクサンドの知らぬ間に、公爵夫人のマリィはすでに余命宣告をされるほど衰弱していた。聖水の力を借りたのか晩餐には出席し笑顔を見せていたが――。

今になって思い出す。

マリィが乳母を辞める挨拶に来たときだ。彼女は幼いルイーズの手を差し出し『殿下、ルイーズをどうぞよろしくお願いします』と頼んできた。

その小さな手を取り『わかった。この娘は俺が必ず守ってあげるよ』と、彼は答えた。

子どもの約束とはいえ、しっかりと覚えている。それなのに。

どうせ恋愛などする気がないのなら、早くにルイーズを迎えにいき、彼女と結婚すればよかった。ディートリヒと彼女が婚約する前に。

そうすれば、少なくともあんな事件は起きなかった。

宮殿に入って変わっていったと言われているが、ルイーズの真意は誰もわからない。

どんな証言や証拠があろうと、そのまま信じる気には、どうしてもなれないし、もしルイーズが犯人だったとしても、その理由を彼女の口から直接聞きたかった。

せめて、西の塔に彼女が無事到着していれば助け出せたのに。

もしくは戦争を早く終わらせていれば、魔獣の山に着く前に救えたのだ。

彼女はいったいどこに消えたのか。はたまた、もうこの世にはいないのか。

（マリィ、すまない……。約束したのに）

唯一の恩人ともいえる乳母の願いを叶《かな》えられなかったという自責の念が、アレクサンドの胸に深く影を落とす。

長く息を吐き出し、かぶりを振る。

（ともかくゴーティエ公爵を助けなければ）

その後も数日間、黙々と仕事をこなし、なんとか書類の山をひとつ片づけたところで、執務室の扉が静かにノックされた。

ルルがワゴンを押して入ってくる。

時計を見ればいつの間にか昼だった。

ワゴンには料理が並んでいる。スペアリブに焼きたてのパン。みずみずしいフルーツの山。

今日はピエールが出かけているので、ルルはアレクサンド用のコーヒーだけを淹れ始める。

客が来ない限り、アレクサンドは昼食を軽く済ませるのが習慣で、今朝は騎士団の練習に付き合ったためにしっかりしたものを頼んでいた。

肉の焼けた香ばしい匂いに食欲がそそられてもよさそうだが、いまひとつ気持ちが盛り上がらない。

「閣下？　体調がすぐれませんか？」

ぼんやりしていたせいか、眉尻を下げたルルが、うかがうように見つめてくる。

「いや、そんなことはない。うまそうだな」

席を立ち、ソファーに向かいながら、ワゴンの上で淹れたてのコーヒーをカップに注ぐルルを見た。

彼女が専属の侍女になって、十日が経つ。

さっきまでルイーズについて考えていたせいか、ふとした瞬間、ルルに彼女の面影が重なる。

（やはり似ているような気がするが……）

背格好。雰囲気。もしかすると声も。

だが、アレクサンドがルイーズと会ったのは、幼い頃を除くと、彼女のデビュタントと公爵邸での二度きりだ。しかも、彼女の声を聞いたのは公爵邸での短い会話だけ。

わずかな記憶ゆえ確信できない。

（本人であるはずがないんだ……）

ルイーズを乗せた護送の馬車は魔獣の死骸とともに見る影もなく潰《つぶ》れていたという。

御者も衛兵も逃げ遅れたのだろう、無惨な遺体となって発見された。

そうなると、彼女だけ、遺体の一部すら見つからないのが、やはり不思議である。どこかに逃げたか。

（いや、無理だ……）

よほどの奇跡でも起きない限り、ルイーズだけが助かるとは到底思えない。

ルルがルイーズに重なって見えるのは、後悔からくる記憶の揺らぎだと、心の靄《もや》を打ち消した。

フィンガーボールで指先を洗いルルが差し出すタオルを受け取ると、またしても彼女の指先に目が留まった。

貴族の女性たちのように爪を伸ばしてはいないが、やはり綺麗な手だ。ほかの侍女のようにあかぎれの痕もなければシミもない。

労働者の手にしては綺麗すぎると、また余計なことを考えてしまう。

「もしお手伝いできることがありましたら、なんでも申しつけてくださいませ」

「ん？」

ルルはもじもじしながら机に視線を向ける。

「書類の山がまた増えたようなので……」

たしかにと苦笑した。

昨日ランベール公爵と同時にピエールが帝都に向かったため、仕事が滞っている。

「そういえば、ルルは読み書きができるんだったな」

「はい」

「じゃあせっかくだ。食事中に領地民から集まった陳情書を読み上げてもらおうか」

「はい、わかりました！」

胸の前で拳を握り、瞳を輝かせるルルを見て、アレクサンドは思わず微笑んだ。その仕草も表情も子どものように純粋でかわいらしい。

早速立ち上がり、机の上にある陳情書の束をルルに渡す。

「すべて領地に住む民の陳情書だ。字が書けない者は神官や知人に頼んで書いてもらっているようだが、読みづらい字が多い。読める範囲でいいぞ。そこに座って読んでくれ」

明るく返事をしたルルは、向かい側のソファーに腰を下ろし陳情書を読み上げ始める。

「〝大公様、戦争の勝利おめでとうございます。お祝いに大公様にビールと店特製のチーズ入りソーセージを振る舞いたいので、ぜひいらしてください！　お待ちしております〟以上です」

ルルは、確認するように紙の裏面を見る。

「名前も店名も、どこにも書いてないですね」

「二番通りの『山酒の店』だ。戦争に勝つたびに店主が送ってくる」

なるほどと感心しながらルルは次の陳情書を読む。

「〝大公様、このたびは治安部隊の巡回を増やしていただきありがとうございます。おかげで四番通りの治安がよくなりました〟」

次は来週開催される【ドラゴン祭】が楽しみだという子どもの期待に満ちたものだ。

ドラゴン祭とは、帝国を代表する秋の収穫祭である。悪霊を追い払い、守護神であるドラゴンを祭る。特にここ大公領では、一年で最も盛大な行事だ。

その後もドラゴン祭を期待するものがいくつかあり、感謝や戦争の勝利を祝う内容が続く。スペアリブを食べ終わってもなお、改善を求めるどころか称賛する声ばかりだ。聞いているうちに気恥ずかしくなったアレクサンドは、慌ててナプキンで口を拭き「もう――」と止めようとした。

「皆さん、閣下が大好きなんですね。ひとつも苦情がありませんもの」

「二年前までは切実な陳情の方が多かったんだ。治安も悪かったし。まともな治療師や薬屋もなかったからな」

流れてたどり着き、いつの間にかここで家族を持った者たちが多い。荒《すさ》んだ生活をしていた者も、妻や子どもができ、平和を願うようになったのだろう。

「油田で働いている者もそうだが、ここは荒くれ者しかいなかった。だが、ここで家族をつくったりしているうちに真面目な暮らしを覚えていったようだ」

「私も大好きです」

ドキッとしてルルを見ると、彼女は満面の笑みで頬を染めている。

「お祭りが楽しみです。花火があがると聞きました。お城の庭園を開放して、夜通しダンスを踊るんですよね？」

（ああ、領地のことか）

動揺を咳払《せきばら》いでごまかしてうなずいた。

「ダンスが楽しみなのか？」

「はい。閣下が凱旋なさったとき、街のあちこちで皆が踊っていたんです。すごく楽しそうで」

この地では事あるごとに老若男女入り乱れて踊り、歌う。

軽快なリズムで生命力がはじけるように踊る庶民の踊りはアレクサンドも好きで、一緒に踊ったりする。

「そうか。じゃあ祭りに一緒に行くか？」

「えっ。いいのですか？」

大きく見開いたルルの瞳が、キラキラと輝いた。

「久しぶりに、街の様子も見たいしな」

陳情書だけではわからない本当の領地を見るには、平民の身なりで紛れ込むに限る。

アレクサンドはにっこりと微笑みながら、まるで自分に言い訳をするように「女連れのほうが自然だし」と追加する。

「だから、一緒に行こう」

「はい！」

ルルは満面の笑みで答えた。

◆ドラゴン祭

パンパンと花火の音がする。

予定通り祭りが行われる合図だ。

「まぶしい」

窓から空を見上げたルルは、思わず目を細めた。

今日は待ちに待った祭りの日。

朝から空は青く晴れ渡っていて、賑《にぎ》わいが城の中まで伝わってくる。

ドラゴンはグロワール帝国の守護神であるため、どの領地でも祭りを執り行い、ドラゴンの祝福を受けて実り多き秋に向かう準備をするのだが、ここ大公領は特別盛大だ。

魔獣の山を背にしているために、悪霊に加え魔獣もろとも追い払わんばかりの勢いで騒ぐ。

今日は鳥城には人が少ない。

アレクサンドの計らいで、多くの使用人に休暇が与えられ、残る侍女も午後三時で仕事は終わりにしてよいと、おふれが出た。

時刻はもうすぐ三時。ルルも乾いた洗濯物を片づけてしまえば、今日の仕事は終わりである。

ワクワクと胸が踊る。

夜の花火が楽しみなのはもちろんだが、昼は昼で帝都から来た大道芸人が、あちこちで芸を披露しているらしい。帝国外のさまざまな料理の出店が城下の中央広場に並び、戦争が終結した今年はかつてない規模の祭りになるという。

消えた記憶の中に祭りもあるかもしれないが、目にするもの、体験するものすべてが物珍しい今のルルには、大道芸も並ぶ出店の様子も未知の世界だ。

「ルル。お祭りはどうするの？」

先輩侍女のネージュが聞いてきた。

二十代半ばの彼女はルルをなにかと気にかけてくれる。

「閣下が私も連れていってくださるそうです」

部屋に戻って着替えたら、閣下の部屋に行く約束だ。

「えっ、なんですって！　閣下とお祭りに行く？」

目を丸くしたネージュは、驚きのあまり洗濯物を落としそうになっている。

おっとっとと、慌てて洗濯物を抱きかかえ「閣下とルルのふたりきりで？」と聞いてきた。

一歩前に出て前のめりになるネージュの顔は真剣だ。

迫力ある眼力に押されて、ルルは思わずたじろいだ。

「ご、護衛の騎士のマロ様や、ほかの騎士様も一緒だと思いますよ？」

「それはまぁ、そうだろうけど」

なおもネージュは納得しきれない様子である。

「記憶のない私に同情してくれたのかもしれないですね」

あのときはあっさり誘いを受けてしまったが、もしかすると気を使わせてしまったのかもしれない。

「それはないわ」

ネージュは断言する。

「ここには訳ありの侍女なんてたくさんいるもの。それくらいで同情していたらきりがないわ」

訳ありでいえばネージュもそうだ。彼女は戦争孤児で、三年前この地にたどり着くまでずっと苦労続きだったと聞いた。

「閣下はお優しいから私たちみたいな者でも雇ってくれるし、分け隔てなく働いた分ちゃーんとお給金をくれるけど、それは同情ではないでしょ？」

ネージュは、これは働きに見合う正当な評価なのだと胸を張る。

どうやら彼女は同情という言葉が嫌いなようだ。

「だからルルを誘ったのには理由があるはずよ」

「あ、そういえば女連れのほうが自然だからと仰っていました」

ポンと手を合わせたネージュは、うんうんとうなずく。

「なるほど！　それはありそうね。閣下も久しぶりに街を歩いてみたいんだわ」

「ネージュさんはどなたとお祭りに行くんですか？」

「私は彼とよ」

フフッと照れる彼女には交際している騎士がいる。

戦争が終わったので年が明けたら結婚する予定なのだ。

「ルルも誘おうとしたのよねー。ここにも独身男はごろごろいるから、いい出会いがあるかもしれないし」

「出会いだなんて」

頭を左右に振ってルルはころころと笑った。

「なによ」

「自分が誰かもわからないのに、恋人なんて無理ですよ」

「またそんな。過去なんて関係ないわよ。前進あるのみ。がんばれ、ルル」

明るいネージュと話していると、元気が出る。

「はい。がんばります」

じゃあねとネージュを見送り、ルルも自分の部屋に行く。

さあ、いよいよドラゴン祭に向けて出発だ。

＊＊＊

◆ドラゴン祭

アレクサンドは窓際に立ち、賑わう街を見下ろしていた。

天気もよく絶好の祭り日和である。

戦争中でも、祭りは変わらずに開催するよう指示していたが、今年は戦地から戻った兵士も彼らの家族も心置きなく楽しめるだろう。

「マロ、お前ももういいぞ。久しぶりに楽しんだらいい」

マロはアレクサンドのひとつ年下で、没落した伯爵家の跡取り息子だ。

伯爵家にはすでに領地はなく、今は帝都のタウンハウスに病床の父親と母親、そして妹が住んでいる。マロが彼らの家計を支えているのだ。

「いいえ、たっぷり休みをいただきましたし、閣下のお供をします」

五年前に戦地でアレクサンドと出会って以来、マロはずっと彼のそばにいる。

真面目で忠誠心が強いゆえ、休みを与えるのも大変だ。強引に取らせないと一日の休みもなく働こうとする。

「俺は平民に変装して、ルルと祭りを楽しむつもりだ」

「では、私も平民の格好で護衛をしましょう」

ギロリと睨むとマロは背筋を伸ばした。

「もちろん、お邪魔はしません。人数も最小限で」

まったく休む気はないらしい。

「わかった。好きにしろ」

マロが部屋を出ると、入れ替わるようにルルが来た。

「さて、行くか」

「はい」

普段着に着替えたルルは、ごく普通の町娘の服装をしている。

縁に小花の刺《し》繍《しゅう》が入った白いブラウスに、薄いピンクのペチコートと重ねた深い緑色のスカートだ。

髪は緩く束ねて右の胸もとに垂らしてある。ところどころに造花の小花を散らし、おしゃれをしたのはネージュの仕業だ。彼女はルルの部屋に来て世話を焼いていった。

いずれにしろ侍女の制服姿ではないルルをアレクサンドが見るのは初めてだった。

「似合うじゃないか」

思わず口にした。

どこから見てもかわいらしい町娘である。

「ありがとうございます。閣下も不思議なほどよくお似合いですよ」

アレクサンドも一般的な領民の格好をしている。

茶色のシャツに黒いズボンとブーツという、街でよく見かけるありきたりな服装だ。

「髪と瞳の色を変えたんですか？」

黒髪のはずが、アレクサンドの髪は明るい茶色で、赤いはずの瞳が黒い。

「俺には少しだが魔力もあるからな。目立たないように存在感も魔力で弱める」

ルルはこぼれそうなほど目を丸くする。

「魔力？」

帝国にはマナを操る魔法使いがいる。だが、ルルが聞いた魔法使いは、魔石のような道具や魔法陣を操ることしかできず、それらがなければ力は発揮できないはずだ。マナはあくまでもなにかを起動させるためのもととなる力にすぎず、それ単独でなにかをできるわけじゃない。治癒力のような神聖力ならわかるが、自力で存在感を弱めたり変身できる人がいるとは驚きだった。

「そのような力のある人は、閣下のほかにもいらっしゃるのですか？」

アレクサンドは首をかしげる。

「ん？　どうだろう。いるにはいるが、俺の場合は特異体質というか……」

皇族の一部だけだなと、アレクサンドは心で答えた。ディートリヒには受け継がれていない力ゆえ、あまり公にはしていない。

「内緒だぞ」

茶目っ気たっぷりに人さし指を口にあてる彼を前に、ルルはふと思い出した。

初代皇帝には魔力があったという。

「閣下は本当にすごいです！」

頬を染めて興奮気味のルルを前に、アレクサンドは思わず照れ笑いを浮かべる。

彼女の純粋な物言いと仕草に悪い気はしなかった。むしろ、彼女からの称賛ならずっと聞いていたいとさえ思う。

「ルルは褒め上手だな」

「いいえ、閣下がご立派なのです」

きっぱりと胸を張って言いきるルルがおかしくて、アレクサンドはあははと声をあげて笑う。

(今日は楽しい一日になるな)

城から街の路地裏まで、目立たないよう馬車で移動した。

「呼び名を変えなきゃな。ルルはいいとして閣下はまずいだろ。アレックスでいい。敬語もなしだぞ」

「えっ、で、でも、そんな」

「さあ、言ってみろ」

催促されて、ルルはもじもじしながら観念したらしい。

「では、アレックス、よろしくお願いします」

ルルはぺこりと頭を下げる。

「敬語じゃないか」と笑ったが、ルルは「せめてそれくらいの敬語は許してください」と頬を膨らませた。

「平民だって敬語は使いますよ？」

「しかたない。譲歩しよう」

クスクス笑うルルが、アレクサンドにはあまりにかわいらしく思えた。

ルルは美人だ。今の髪型も服装もよく似合っている。改めてこんなにかわいいのかと感心してしまう。

長く戦地にいて、こういう状況に慣れていないためなのか。

（いや、そうでもない）

ときどき帰ってきて、街で飲んだりした。

ここは辺境の地とはいえ、街にいる女性たちは皆しゃれていて器量よしも多いと、世間ではいわれている。だが、こんなふうに思ったのは初めてだ。

気づくと目で追ってしまい、一つひとつが気になる。

「もしかして、そのカバン、自分で刺繍をしたのか？」

ルルはやわらかい生地の布カバンをさげている。カバンのふたの部分には花の刺繍がしてあった。

「はい。刺繍をしていると時間を忘れてしまうんです」

「そうか、――上手だな」

ありがとうございますと頬を染めるルルの笑顔に、ルイーズの笑顔が重なって見えた――。

ゴーティエ公爵邸に立ち寄ったあの日、彼女が落としたハンカチを拾った。

花の種類は違うが、同じような図案の刺繍だったと思う。

恥じらうように『ありがとうございます』と笑みを浮かべた彼女は、刺繍が趣味だと言っていたはずだ。

ハンカチは微かに濡れていたような気がする。

あのとき、彼女は泣いていたのだ。

「なぁ、ルル。俺にもくれないか？」

気がせいた。

ルルの刺繍を手に入れ、ゴーティエ公爵家に行けば確証をえられるかもしれない。

「刺繍ですか？」

アレクサンドはうなずく。

「はい。ではハンカチでいいでしょうか。どんな刺繍にしましょう？」

「薄紫色の薔薇《ばら》の花を、そのカバンの花のように」

ルイーズのハンカチには淡い紫の薔薇が刺繍されていた。大きな薔薇が三つ。その両脇につぼみの薔薇がいくつか。

配置はちょうど、ルルのカバンの刺繍の構図のように。

「薔薇、ですか？　薄紫の？」

戸惑いを見せるルルに、ふと気づく。

どう考えてもアレクサンドが持つハンカチのイメージじゃない。

「あ、いや。俺が使うんじゃなくてだな。えっと、世話になった女性へのプレゼントにしたいんだ」

「そうなんですね」

ルルはホッとしたようにクスッと笑う。

「てっきり閣下がお使いになるのかと思って」

「俺用ならドラゴンだろ」

あははと笑い合う。

「じゃあ、閣下用にはドラゴンの刺繍をしますね。今日連れていってくださるお礼に」

「それはうれしいな。——あ、また閣下に戻ってるぞ」

慌てて口に手をあてたルルと、また笑い合い、笑顔の連鎖が続く。

アレクサンドはふと、かつてこんなふうに心置きなく笑ったことがあったかと、振り返ってみる。

母を亡くし、初代乳母もいなくなり、笑顔を過去に捨てて戦地に立った。

以来、心から笑ったことはなかったように思う。

死と隣り合わせの日々。いつしか、なんのために戦っているのかもわからなくなっていた。

寂寥感《せきりょうかん》にさいなまれ、ともすると自暴自棄になり、無茶を繰り返していたアレクサンドを叱咤《しった》したのはゴーティエ公爵だ。

『殿下、生きるために戦うのです！　生きて、生き抜いて、その手に勝利を掴《つか》んです！』

公爵の声はドラゴンの咆哮《ほうこう》のようだった。

一日も早く公爵を助けなければと強く思いながら、窓の外を見つめていると――。

「アレックス？」

「ん？」

「お疲れですか？」

心配そうにアレクサンドを覗き込んだルルが、カバンの中からなにかを取り出した。

差し出した彼女の手のひらには、ピンク色の丸い小さな包みがのっている。

「キャンディーです、どうぞ」

「ありがとう」

早速アレクサンドは飴玉《あめだま》を口にする。

「甘いな」

ただ甘いだけでなく、心に清涼感が広がってくる。

飴を舐《な》めただけでこんなふうに感じるものか？と、わずかに首をかしげた。

「はい。キャンディーは甘いですからね。アレックスは嫌い？」

そう言ってルルも飴を口に含み、右の頬が丸く膨らむ。

「いや？　好きだ」

たった今大好きになったと思いながら、アレクサンドはまぶしそうにルルを見つめた。

そうこうするうちに馬車は目的地に到着し、ふたりは街の路地に降り立った。

「うわー。大盛況ですね」

老若男女どこもかしこも人だらけだ。

「領地のはずれの村からも集まってるからな」

時刻はすでに午後の三時を回っているが、街は昼前から賑わっていた。城へと続く通りにある広場では、大道芸人が子どもたちの歓声に応えている。

アコーディオンやバイオリンに合わせて踊る人々、酔っぱらって警備隊に怒られている男。

広場をぐるりと囲むようにならんでいる出店。

ルルは見るものすべてに胸が弾んでいるようだ。

「じゃあ、まずは出店を見て回るか」

「はい！」

アレクサンドは手を差し伸べた。

「迷子になったら困るだろ。手をつないでさえいればきょろきょろしててもはぐれずに済む」

さあ、と促されルルはアレクサンドの手に、自分の手を重ねる。

華奢《きゃしゃ》な手だと思った。

と同時に、さっき飴を舐めたときに覚えたような清涼感がルルの手から伝わってくるような気がした。

（この感覚はなんだ？　それにしても――）

苦労をするにはあまりにも細い指だ。力を入れたら、簡単に折れてしまいそう……。

この先、記憶をなくしたルルにどんな人生が待っているのか。

せめてこの手は、守り抜くと心に誓わざるを得ないほどに、アレクサンドの心は揺れた。

「あっ」と声をあげたルルが、ふいにアレクサンドの手を離し、しゃがみ込んだ。

「ボク、どうしたの？」

見れば目にいっぱい涙をためた男の子が、途方に暮れている。

「ママが……みつから、ないの」

男の子はしゃくりあげながら涙を拭く。

「迷子か」

アレクサンドも屈んで、男の子の頭をなでる。

「どれ、高いところからママを捜そう」

ひょいと男の子を持ち上げたアレクサンドは、肩の上に男の子をのせた。

「うわー」

瞬く間に笑顔になった男の子は、キャッキャと歓声をあげて喜んだ。

ひときわ背の高いアレクサンドの肩に乗ったことで、男の子の母親の目に留まったらしい。

「トム！　この子ったらもう！」

「ママ」

駆け寄ってきた母親は、恐縮しきりといった様子で礼を言う。

アレクサンドが肩から男の子を下ろし母親に返すと、男の子は勢いよく母親に抱きついた。

「お礼と言ってはなんですが、すぐそこで居酒屋を営んでおりますので、よろしければ花火を待つ間にでも、ぜひ飲みに来てください！　サービスしますから」

「そうか、じゃあせっかくだから寄らせてもらうよ」

ふたりを見送り、手を振りながらルルが「よかったですね」とアレクサンドを振り向く。

「ああ、やっぱり手を離すのは厳禁だな」

「ふふ、そうですね」

笑いながらルルは、差し出されたアレクサンドの手を取った。

広場の中心に銅鑼《どら》が響き、歓声とともに巨大な赤いドラゴンが現れた。

「うわー、すごい！」

大勢の人たちが引く台車の上に、翼を高く広げたドラゴンがのっている。その高さも幅も、ゆうに二十メートルはありそうだ。

「ずいぶんと気合が入っているな」

今年は大きいのを作ったと聞いていたが、予想を超えた迫力にアレクサンドは苦笑する。

ドラゴンがのる台から、子どもたちに向けて菓子が投げられた。

母親に見守られているトムの姿も見える。一生懸命手を伸ばして、子どもたちが菓子を受け取る様子を微笑ましく眺めるうち、混雑が激しくなってきた。

「少し離れるか」

「ええ」

広場からいったん離れようと路地に入る。

といっても、どこも同じように人だらけだが。

「アレックス、お祭りは悪霊退散の意味もあるのよね？」

「ああ、そうだ」

「悪霊も用意しているんですか？」

どういう意味かとルルに聞くと、ルルは路地の一角を指さした。

店と店の間に間口が一メートルほどの空き地があり、布で覆われた荷車が見える。商売人ふうの男たちが、荷車の脇に立ち酒を飲んでいるようだ。

「あの荷車から、悪霊のようなものが見えるので」

一瞬ピクリと眉を歪めたアレクサンドは、何気なさを装い聞いた。

「ちなみにルルにはどんなふうに見える？」

アレクサンドにはなにも見えない。

「黒いモヤモヤが荷車から出ていますけれど、違うのですか？」

不思議そうなルルに、アレクサンドはさらに聞こうとして、言葉をのみ込んだ。今ここで問いつめ、動揺させたくはない。彼女には、ただ純粋に祭りを楽しんでほしかった。

「いや、悪霊だろう。今日はそんな準備もしたんだな」

アレクサンドはすぐさま視線でマロに合図を送り、ルルの手を引いたまま先へ進んだ。

平民に交じり、周囲に溶け込んでいる護衛騎士が、荷車のほうへ消えていく。

「またなにか感じたら教えてくれるか？　俺も知らないことが多くてな」

「はい」

その後も一カ所、たくさんの花をのせた荷車を見て、ルルは同じように「あれも悪霊ですね」と言った。

再びアレクサンドはマロに合図を送る。

相変わらず彼の目には悪霊らしきものはなにも映らないが、言われてみれば荷車の近くにいた男たちの目は、悪人がなにかを企んでいるときのそれだった。

荷車に、実際に危険が潜んでいるかどうかは、まだわからない。

ルルの言う悪霊――それが悪しき気配だとして、それが見えるとすれば、強い神聖力を持つ神官だけだ。

もし本当ならば、ルルには――。

「うわぁ、綺麗」

ルルが店のショーウィンドウに目を留めた。

小さなアメジストがついたネックレスが飾ってある。店は骨董品《こっとうひん》店で、【魔道具あります】と張り紙があった。

「どれ、中を見てみよう」

入ると、アンティークな魔道具が並んでいた。本当に魔道具なのか、中には怪しいものも多いが、魔力を感じる本物もあるようだ。

ルルは興味深そうにきょろきょろと店内を見回す。

アレクサンドがショーウィンドウのネックレスを見ていると、店主らしき男が相好を崩して寄ってきた。

「こちらのアメジストのネックレスには古代の保護魔法がかけられているんです」

「へぇ、古代魔法か」

アメジストからは、たしかに魔力を感じる。

「ええ、ええ。身につけていれば魔獣も怖くはありませんよ。奥様にいかがですか？」

「奥様？」

「ああ、まだご結婚されていない？　こちらの美しいお嬢様にお似合いかと」

ほかの商品を見ていたルルの耳にも店主とアレクサンドの会話が届いたようで、彼女は恥ずかしそうに、頬を真っ赤に染めた。

「じゃあ、頼む」

笑いながらアレクサンドは代金を支払い、その場でルルにネックレスをつけた。


楽しい時間が過ぎるのは早い。

魔獣の山は美しい夕焼けに染まり、祭りはクライマックスを迎えた。

花火は、鳥城から打ち上げられる。

今か今かと待ちわびて、観衆が見上げる先、鳥城は、青白い光を浴びていた。

輝く星空に浮かび上がる城。幻想的で美しく、まるで一幅の絵のような光景が広がっている。

ドンと重たい音が聞こえてきて、最初の花火が打ち上がった。

城の上で、大きな花が咲く。

ひとつ、ふたつ。またひとつ。夢中になって見上げるルルの瞳は輝いていた。

ルルの胸では、アレクサンドがプレゼントした小さなアメジストが光を反射する。

恐縮するルルに、ハンカチの刺繍を頼んだ対価だからと納得させた。

刺繍を頼むハンカチは露天で買ったのだが、プレゼント用は白、アレクサンド用は水色にした。

もしかすると、ルルには神聖力のような不思議な力があるのかもしれない――。

マロから報告を聞くまでわからないが、ルルが指摘した荷車からなにかが発見されれば、不思議な力はあると思って間違いないだろう。

ルイーズはどうだったか？

彼女が神聖力を持っていると聞いた記憶はないが、ふと思い出した。

幼き頃アレクサンドは転んで膝を擦《す》りむいた。駆けつけたマリィが両手で患部を覆うと、血が滲んでいたはずの膝が綺麗になっていた。

『すごい！　マリィの手は、魔法の手だ！』

マリィは微笑んで『秘密ですよ、殿下』とささやいたのではなかったか。

すっかり忘れていたが、あれは夢じゃない。

とにかくゴーティエ公爵に聞いてみなければ――。

はやる気持ちが答えを急ぐが、それよりもまず、どうか彼女がルイーズであってほしい。

柄にもなく祈るような気持ちで、アレクサンドは最後の花火を見上げた。

「あー、終わっちゃった」

ルルが残念そうに肩を落とす。

「花火が好きか？」

「こんなにすごいとは思ってなかったの！　音がおなかに響いて胸が震えるような感じで」

興奮冷めやらぬようで、ルルは花火の感想を力説する。

「今日の花火は、普段の倍の規模だったからな」

「そうなのね。よかったわ、見れて」

娯楽の少ない辺境の地だ。せめて花火くらいと、帝国内のどこよりも派手にあげている。花火でいえば帝都もかなわない。

「あ、あれは？」

ルルが見つめる方向には川がある。オレンジ色の光が空に昇っていくのが見えた。

「ああ、あれはランタンだな。亡き家族の供養だったり、願い事をしたり、飛ばす理由はさまざまだ」

「そう……」

なにを思っているのか、ルルはしばらくランタンを見つめていた。

街は夜通し祭りが続くが、ひとしきりランタンを眺めたのを最後に、アレクサンドとルルは待たせてある馬車に乗った。

「今日は本当にありがとうございました。すごく楽しかったです」

ルルは敬語に戻った。

「こっちこそ、助かったよ」

「誰も閣下に気づきませんでしたね。すぐ隣で閣下の噂話を始めたりして」

ルルが楽しそうにクスクス笑う。

「あれにはまいったな」

迷子のトムの母親が営む居酒屋に行き、あちこちでアレクサンドの噂話を耳にした。

居酒屋ではアレクサンドが独身だという話で盛り上がっていたのだが――。

『ここらで一番美人のあたしが立候補しようかな。夜のお相手ってことでさ』

派手な女の発言に、アレクサンドは思わずビールを噴き出しそうになった。

『残念だな、閣下はどんな美人でも見向きもしねーらしいぞ』

『じゃ、どんな女がいいっていうんだよ』

いったいなんて答えるのか、耳を澄まして聞いていると。

『アメジストのような瞳が好みなんだとよ』

どこからそんな話が出たのか？とアレクサンドは密かにあきれたが、以前しつこく聞かれ適当にそう答えた気もしていた。

「どいつもこいつも言いたい放題だったな。まったく」

「でも、みんな閣下が大好きなんですね。私も侍女として鼻が高いです」

すっかり侍女モードに戻ったルルにアレクサンドは一抹の寂しさを覚えた。

祭りの後の侘《わび》しさなのか。アレクサンドの気持ちの表れなのか。やがて馬車は、言いようのない寂寥感に包まれた。

ルルも、無言のまま窓から街を見ている。

(ルル、お前は、ピエールが見たように、今もこっそりと泣いているのか？)

あの夜のルイーズのように……。

月明かりを浴び、浮かぶルルの横顔は、そのまま消えてしまいそうに儚《はかな》げで。たまらない想いに突き動かされ、アレクサンドは手を伸ばしそうになる。

彼女の肩を抱き寄せて、ずっと一緒にいようと言いたい衝動に駆られるが、拳を握り気持ちを落ち着けるよう瞼《まぶた》を閉じる。今はまだ、いっときの激情に流されてはいけない。

ただ希望を、ルルが勇気づけられる言葉はないかと思うが、見つけられないままガタゴトと揺られるうち、馬車は静かに止まった。

せめてもと、アレクサンドは先に降り、ルルに手を差し伸べる。

「ありがとうございます」

「疲れただろうからゆっくり休むといい」

「はい。ありがとうございます。では、おやすみなさいませ」

「ああ、おやすみ」

城の裏門でルルと別れたアレクサンドは、途中立ち止まった。名残惜しさを胸に振り返り、彼女の背中を見つめ、見えなくなってもなおしばらく立ち尽くした。

ルルが花の刺繍を仕上げてきたのは、次の日の夜だった。

「えっ、もうできたのか？　早いな」

ルルは笑って「今日はお休みをいただいていますから」と、ハンカチを差し出す。

刺繍にどれくらいの時間を要するのかアレクサンドには見当もつかないが、まさか一日で仕上げてくるとは思わなかった。

驚きながら受け取ったハンカチには、薔薇の刺繍が施してある。

「もう少し凝った方がいいですか？」

糸を変え濃淡をつけた三つの紫の薔薇だ。ふっくらと立体的で花びらが両脇に散らばる構図も美しい。

「いや、これで十分だ。綺麗だな。うん、すごくよくできている」

「閣下用のハンカチも、あと少しで完成なんですが」

しげしげとハンカチを見ていたアレクサンドは、ギョッとしてルルを振り向いた。

「俺の分は、ぜんぜん急がないでいいぞ。来週でも再来週でも、いつだっていいから」

休みとはいえ、きっと無理をしたに違いない。

しょぼしょぼした目を見る限り、徹夜もしたのか。

「急がせて、すまなかったな」

「いいえ、閣下は紫色がお好きなんですね」

ルルがクスッと笑う。

昨日、居酒屋で聞いた話を覚えているのだろう。

「まあな。実はあの噂は本当だ」

その瞳の主は君かもしれないと心で続けるが、なにも知らないルルは「まぁ」と微笑んだ。

アレクサンドは、自身のハンカチは来週でいいと告げ、とにかくゆっくり休むようルルを下がらせた。

ひとりになると、刺繍をしげしげと見た。

（まさにこれだ）

一度見ただけだから、確証はないが。

急ぎペンを取る。

【このハンカチをゴーティエ公爵に見せて確認しろ。ルイーズ嬢かもしれない女性を見つけたと伝えるんだ】

窓を開けハヤブサを呼び、脚に手紙とハンカチをくくりつける。

「さあ行け」

勢いよく飛んでいくハヤブサを見えなくなるまで見届けた。

タウンハウスにいる配下の者がすぐに手を打って、公爵と連絡が取れるのは早くて三日後ぐらいか。

さらに確認するには、もう少し情報が必要だ。ルルの足のサイズに——。

あれこれ考えていると、ドアがノックされると同時に、ピエールが飛び込んできた。

「大変です。閣下」

「ずいぶん早い帰りだな」

予定より十日ほど早い帰りである。

『おかえり』とねぎらう間もない。ピエールは珍しいほど慌てている。

「もしかして、また魔塔に行ったのか？」

「ええ、今はもう、ほぼ完璧です」

魔塔とは、帝都にある魔法の研究開発施設のことだ。

ピエールは魔塔に親しい友人がいて、彼に協力し、これまで何度も瞬間移動魔法の実験台になってきた。以前は失敗して、油田のほうまで飛ばされたこともあったが、かなりの進歩だ。

「そんなことより、聞いてくださいい閣下。ルイーズ様は宮殿にいるそうです！」

「なんだって？」

ピエールが帝都に入ったのは、近々アレクサンドが宮殿に行くと報告するためだった。

すぐにでも来いという皇帝ディートリヒの矢の催促をかわすほか、帝都及び宮殿の現状を把握するためもある。そんな中、宮殿内部の内通者から寝耳に水の話を聞かされたのだった。

「それで、ルイーズはどこにいたと言っているんだ」

「西の塔には送らず、無実を信じ、実は宮殿で密かに匿《かくま》っていたと。――西の塔に向かった馬車は、実は誰も乗せていなかったというんです」

ふざけるなと吐き捨てたが、証拠がない。

「なぜ今になって急に公表するんだ？」

大きな理由があったはずだ。

「宮殿の前で、ゴーティエ公爵の無実を訴えていた民衆と近衛兵がもみ合ったようで」

騒ぎの中、女性が腕を骨折する重傷を負ったという。

その女性は孤児院育ちで、陰日向に無償の援助を続けてくれたゴーティエ公爵家に強い恩を感じていたらしい。ルイーズが逮捕されたときからずっと、宮殿の前で無実を訴えていた。

「なにをやってるんだ。かわいそうに」

アレクサンドは忌々しげに、大きく息を吐いた。

「それをきっかけに抗議のデモは勢いを増したそうです。実際、目にしましたが、宮殿の前に軽く数百人は押しかけて声をあげていました」

「なるほどな。それで態度を一転させたわけか」

力ずくでなんとかできると思っていたはずが、自ら〝賢帝〟を豪語するディートリヒは身動きが取れなくなったのだろう。

「ルイーズは姿を見せたのか？　本当にいるんだな？」

問題はその点だ。ディートリヒの話だけでは信用できない。

答えをせかすように、アレクサンドは身を乗り出す。

「果たしてルイーズ様が本物かどうか……」

「偽者だとしても、いることは確かなんだな？」

「はい。現在は皇后宮にいらっしゃるそうです、実際にお会いしたわけではありませんが。ただ、ゴーティエ公爵と対面を果たせば、改めて皇后として迎えると」

ピエールの話はすべて、宮殿内部にいる内通者から聞いた話だという。

その者は実際に皇后宮でルイーズらしき銀髪の女性を見かけたが、警備が固く、容易には近づけないとのことだった。

「それでゴーティエ公爵はどうしている？」

「いまだ軟禁中で、皇帝の呼び出しには、体調不良を理由に応じていないようです。ルイーズ様を公爵邸に返してほしいと返事をしたそうですから、恐らく、疑っているのでしょう」

アレクサンドは考え込んだ。

「宮殿に本当に彼女がいるのか。あるいは偽者か……」

魔獣が出る山道で襲われて、ルイーズだけが発見されていないという事実は一部の者しか知らない。

ディートリヒはそれを利用したのか。もしくは、最初から万一を考えて、ルイーズをどこかに隠していたのか。

本当にルイーズが生きていたとすると、ルルは別人になる。

（ルルの刺繍は無駄になったか）

この世には、あかの他人でも双子のように似ている者がいるという。

ルイーズが生きていると信じたい気持ちが、つくり上げた幻想だったのかもしれない。

「それらの話を聞いたうえで、皇帝に謁見したのですが、皇帝はルイーズ様の話はおくびにも出さなかったです。淡々と戦勝の祝辞と閣下はいつ上洛《じょうらく》するのかと聞くだけでした」

澄ましたディートリヒの顔が目に浮かぶようで、アレクサンドは眉をひそめる。

「謁見中も近衛兵がぞろりと皇帝を囲んで、異様でしたよ」

ピエールは久しぶりに実家にも立ち寄り話を聞いたが、宮殿に行くたびに近衛兵が増えていると皆不審がっていたという。

そんな情勢ゆえか、帝都でのドラゴン祭はかつてないほど活気がなかったそうだ。

「祭りで気晴らしでもするかと思ったのに、むしろがっかりするありさまで疲れるだけでした。

皇帝もバルコニーに姿を見せないし、花火もショボショボで、これを見てください」

差し出された新聞には一面に大きな見出しがある。

【かつてない凶作に備えよ】

続く皇帝からの談話には、南部地域が凶作に見舞われ飢えに悲しむ民がいるのに、喜んでいる場合じゃないとある。

「かつてない？　本気で言ってるのか？」

当然アレクサンドの耳にもこの秋の南部地域の凶作は耳に入っている。

だが南部は対策を練り、ここ西部へ支援を申し出てきていた。アレクサンドは至急対応し、おかげで無事乗り越えられそうだと、領主たちからお礼も言われている。規模も状況も把握している彼からすれば、ずれた内容に笑うしかない。

南部はディートリヒなど最初からあてにしていない。この新聞を見て苦笑しているだろう。

「帝都の居酒屋も行ってみましたが、みんなあきれていましたよ。帝都周辺の凶作は去年の話で今年は豊作だし、せっかく戦争が終わったのに、皇帝は不安ばかり煽《あお》るってね」

民衆はよくわかっている。

「わかっていないのは、ディートリヒだけか」

「裸の王様ってやつですね」

アレクサンドもあきれて「まったくだ」と苦笑するしかない。

それから少し話をして、ピエールは城内にある自分の部屋へ帰った。

湯船に浸かりながら、アレクサンドはピエールから聞いた話を思い返す――。

ルイーズが生きていた？

本当かどうか、いくらここで考えたところで、真実はわからない。

ディートリヒは信用できないが、それでもこの話だけは、真実であってほしいと思う。

生きていてほしい。

たとえルルがルイーズであろうとなかろうと――。

「失礼します。閣下、お背中流しましょう」

風呂場にマロが入ってきた。

「ああ、頼む」

風呂の係もルルにすればよかったかと、ふと思う。

恥ずかしがり屋のルルだ。きっと真っ赤になってうつむいたまま、もじもじしているに違いない。

耳まで赤くするルルを想像し、クスッと笑う。

「くすぐったかったですか？」

「いや。――それで、男らの素性はわかったか？」

ドラゴン祭でルルが指摘した荷車の男たちのほかにも怪しい男が何人かいた。

平民の格好をしていたが、体格や動きからして、恐らく騎士。いかにも育ちのよさそうな雰囲気から察するに貴族か。

「彼らは汚れを知らなそうな、上質のブーツを履いていました。しかも滅多に手に入らない魔獣の革のブーツです。そうなると――」

ディートリヒは選民意識が強い。近衛兵は全員貴族だ。最側近は高位貴族。

アレクサンドは、「足もとは隠せずか」と苦笑する。

「ディートリヒの仕業だな」

マロもそう思うのだろう。ゆっくりと首を縦に振る。

「五人ほど把握しました。明け方近くに二組に分かれて領地に入ってきたようです」

大公領の祭りが派手なことは帝都でも有名で、観光客や興行師など大勢集まってくる。

帝都から大公領に入る道は一本しかない。

彼らを迎えるため、この時期は猟師や警備隊がその一本道を守っている。

と、同時に不審者には目を光らせているのだ。

「宿泊施設は把握済みですが、先ほど領地は出たようです。そして例の荷車の男たちですが――」

ルルが指摘した荷車には、やはり爆発物が隠してあったのだ。

彼女がなぜ、悪霊がいると感じたのかはわからない。状況から察するにルル本人も、自分の持つ謎の力に気づいていないだろう。

考えてみれば不思議なことはいくつかある。魔獣の山で生きながらえたのもそうだが、彼女がかぶった魔獣の青い血が、いつまでも青いまま黒く変色していなかったのも変だ。人間の血液のように魔獣の血も時間の経過とともに変色する。実際近くで倒れていた魔獣の血はすでに黒ずんでいたと聞いている。

なぜルルの体に付着した血だけが青かったのか。

この世界にはわずかながら、治癒力や浄化力といった神聖力を持つ者がいる。

強力な力は聖女の力と呼ばれたりして、多くは神官となるが、必ずしも皆が力を公にするわけではない。本人や周りが気づかない場合もあるし、マリィのように、なにか理由があって隠す場合もある。

ルルがルイーズであろうとなかろうと、彼女に神聖力があるならば説明がつくが――。

アレクサンドは魔力を感じ取ることはできても、神聖力は感知できない。神聖力がわかるのは経験を積んだ神官だけである。

その件については、近いうちに大神官に相談するとして、まずは不審な男たちだ。彼らは行商人として帝都からきたことまではわかっている。

「彼らが手引きをしていた疑いもあったんですが、申し訳ありません。確認できないまま荷車の男たちは牢で自決しました」

服毒だという。

毒を使うあたり、いかにもディートリヒらしいと苦笑した。

「まあいいさ。逃げた奴らも失敗の責任を負わされるだろ」

「しかし、どういうつもりなのか。今までは、こんなに手荒なことはしなかったんですが」

もし爆発していれば、どれほどの犠牲者が出たか、ゾッとする話である。

ディートリヒにとって人の命は、塵《ちり》のように軽いものなのか。

「あいつは心底腐ってるな」

風呂から上がりながら、さっき聞いたばかりのピエールの話を聞かせた。

「いろいろうまくいかなくて焦っているんだろ。俺を推す声を潰すために、ここで事件でも起こして俺の不始末をでっち上げ、失脚させるつもりだったんじゃないのか」

ひと通り帝都の話をしたところで、グラスに水を注いだマロが言った。

「閣下、こんなことを申し上げてはなんですが……た……」

「なんだ。遠慮なく言うといい」

脳裏に浮かんだディートリヒの狡猾《こうかつ》な顔を打ち消すように、アレクサンドは受け取ったグラスの水を勢いよく飲む。

「ルルは、その……。閣下とはどういう?」

予想外の質問に、ブッと噴き出しそうになる。

「すみません。恋人同士にしか見えなかったもので」

マロは焦ったように続ける。

「閣下があんなふうに女性に優しく接するのはルルだけですよね？」

「そうか？」とは言ったものの、たしかにその通りかもしれない。

アレクサンドにとって女性は面倒な存在だった。

彼女たちは、気を使わなければすぐに傷つき、すぐに泣き、もしくは怒り。自分は愛され大事にされるべき存在だと信じて疑わない。

少なくとも前皇帝にはべる女たちはそうだった。

「女騎士には優しかったですが、あれは異性としてではないでしょうし」

それには同意した。

騎士や兵士に男女の差はつけない。結果を評価し、十分にねぎらう。女だからという理由や同情で優しくした覚えはない。

「とにかく意外だったもので」

「そんなにか？」

「ええ、ジダンなんて気をもんじゃって」

ジダンはマロと一緒に護衛についていた騎士だ。

「なんでジダンが気をもむんだ」

「ジダンに限らずですよ、ルルは騎士の間でも人気で」

「そうなのか？」

こくこくとうなずくマロは、理由をあげつらう。

愚痴も言わないし、同情を引くようなそぶりも、ルルはいっさい見せない。

いつだって明るくて笑顔で、優しい子だと。

「ルルは、本当にいい子ですからね。美人だし」

言いながら堅物なはずのマロの顔が緩んでいく。

「もしかして、マロ、お前もルルが好きなのか？」

マロは高速で左右に頭を振る。

「よ、余計な話でした！　し、失礼します！」

あたふたしながら、マロは部屋を出ていった。

「ったく。油断も隙もない」

舌を打ちながら、思わず眉間に皺が寄る。

まさかそんなにたくさんの男たちが、ルルを狙っていたとは。

「――恋人同士か」

言われてみれば、そんな気分になっていたかもしれないと、アレクサンドは我が身を振り返った。

(俺はずっと、うれしそうにしていたんだろうな。他人にもわかるほど……)

はぁ、とため息が漏れた。

ルイーズかもしれないと思ったのがきっかけだ。

助けられなかった罪悪感を、彼女が実はルイーズだと信じることで消そうとしていた。

でも、ルルはルルだ。

ルイーズではない可能性が強くなった今でも、ルルを守りたい気持ちに変わりはない。

ピエールが不在だった間。執務室で、書類を読み上げるルルの声に耳を傾けた。

心地よい響き、ホッとする笑顔。自分は素性が知れない者だと、一線を引く控え目さも。すべてが、今は愛おしい。

理由をつけて、手をつなぎたかった。

ルルが人混みに消えてしまうのが怖くて。

ネックレスを、ルルの細い首にかけたとき、なにかをつなぎ留めた気がしてうれしかった。

今だって、ルルに会いたい。

明るい笑顔が見たい。

手をつないで抱き寄せて――。

ほかの男には、決して握らせるものかと、怒りにも似た気持ちが湧いてくる。

（そうか……。これが嫉妬）
喧騒《けんそう》冷めやらぬ街の明かりに目を落とし、アレクサンドは思った。
（恋か？）
だがディートリヒの話が本当だったら。
ルイーズが生きていて宮殿にいるとしたら、どうする？
（俺はどうしたらいい……）

◆ゴーティエ公爵

(困ったなぁ)

洗濯物を干し、ルルはため息をつく。

ふと気づくとアレクサンドのことを考えてしまうのだ。

祭りに行く前までは、こんな気持ちにはならなかった。

手をつないだせいか。

それとも並んで同じものを見て。一緒に笑い、迷子を助けてほっこりとしたうちのどれか？

あるいは部屋に帰ってきて、ホッとひと息ついたときの、あふれ出る幸せな気持ちに気づいたせいなのか。

理由はどうあれ、アレクサンドの笑顔が脳裏から離れない。

『おやすみ』

城の裏門で別れた後、ルルはしばらくアレクサンドの背中を追った。

もしかしたら振り返ってくれるかもしれないと期待する自分にハッとして、慌てて踵《きびす》を返したのだ。

(多くを望んではいけないのに……)

「ルルー。お祭りでぜんぜん会わなかったね。どこにいたの？」

ポンと肩を叩き、声をかけてきたのは、先輩侍女のネージュである。交代で休んでいたので、祭りの後は顔を合わせていなかった。

「広場で出店を覗いたり」

ルルは、アレクサンドとともに立ち寄った店を順番にあげていった。

「えー、広場にいたのにわからなかった。ルルは人混みにのまれても、閣下は背が高いから絶対目につくはずなのにー」

魔力で存在感を消したのだから見つからなくて当然だが、それは内緒である。

「閣下は髪色とか変えて変装していたから、わからなかったのかもしれないですね」

「そっかー。それでどうだったの？　閣下とのデートは」

「デートだなんて」

ルルは笑いながらも、たしかにまるでデートだったなと思う。

護衛のマロが近くにいるとアレクサンドから教えてもらったのに、いつの間にかすっかり忘れていた。

忘れるほど楽しかったから。

ふと胸もとに手をあてた。

アレクサンドが買ってくれたアメジストのネックレスは襟に隠れて見えないはず。『奥様にいかがですか?』と店主が言ったのを思い出し、ドキドキと熱が込み上げる。

(閣下は笑って聞き流してくれたけれど、申し訳なかったわ)

ルルは火照った頬にそっと手をあてた。

「赤いドラゴンも、花火もすごかったよねー」

かつてないほど豪華だったと興奮するネージュの話を聞きながら、自分は幸せだと、ルルはしみじみ思う。

カンタンの屋敷で目を覚ましたときは絶望の縁にいた。

自分が何者かもわからず、不安と恐怖でうずくまっていた日々。気持ちが落ち着いてくると疑問ばかりが増えた。

帝都の行方不明者に自分は該当しないのはなぜか。

どうして誰も捜してくれないのか。

誰にも愛されていない、孤独な人生を歩んできたのだと、つきつけられたようで、生きる希望を失いかけていたのである。

それでもカンタンや夫人の温かい愛情に触れて、少しずつ顔を上げた。

『ここ大公領には、本当にいろんな人がいるの。食うに困って犯罪者になってしまった者や、体が不自由で働き場所がなかった人とか。みんな過去を乗り越えて一生懸命生きているのよ』

それから、城で働いてみたらどうかと、カンタンから話をもらったのをきっかけに、ルルは厨房に入れてもらうことになった。

ネージュをはじめ、皆が本当に優しくて、ルルは生きる勇気をもらった。

何者かもわからないのに……アレクサンドもまた、専属侍女として受け入れてくれたのだ。

「じゃあ、今日からまた張りきって働こう」

「はい！」

ドラゴン祭のあの夜、空に浮かび上がるランタンを見つめながら、ルルは感謝を込めて、彼の幸せを願った。アレクサンドがもう二度と戦地に行かずに済みますようにと。

（もしかしたら、私――）

そこまで考えて、ルルは開きそうになった心の扉を閉じる。

この胸の奥で疼《うず》く火種がなんであれ、誰にも知られずに、この火を消せばいい。

ルルはもう一度、そっと胸もとに手をあてた。

アレクサンド自らが、首にかけてくれたこのネックレスのアメジストには、保護魔法がかけられているという。

そのせいか、こうして手をあてていると、心が休まる気がした。

ルルは静かに目を閉じ、次に顔を上げたときには青空を見上げ、にっこりと微笑んだ。

（もう十分よ。この想い出だけで、前へ進めるわ）

扉の前で大きく息を吸ったルルは、ノックをして中に入る。

アレクサンドはすでに起きていて、寝間着のまま窓辺に立ち、外を見ていた。

振り返った彼に「おはようございます」と声をかける。

「おはよう」

アレクサンドは席に着き「コーヒーを先に淹れてくれるか」と、うっすら微笑んだ。

「はい」

みずみずしく赤いトマトに葉物野菜。カリカリに焼いたベーコンにスクランブルエッグ。とれたて野菜もベーコンも、いつものようにおいしそうなのに、今朝のアレクサンドは皿に並んだ料理に手が伸びないようだ。

食べるより先に、ルルが差し出したコーヒーカップに手を伸ばす。

「よく眠れなかったのですか？」

「ん？」

洗いたての髪が額に落ちているのは同じだが、なんとなく疲れが取れていないように見える。

肩が落ちているようだし、表情も暗い。

「ああ、ちょっとな。遅くまで仕事をしていたんだ」

夕べ秘書のピエールが突然帝都から帰ってきた。

昨夜、ハンカチを届けに来たときには、執務室の書類の山がかなり減っていたはずなのに、もう別の仕事が増えたのだろうかと、ルルは心配になる。

「なにか私に手伝えそうなら、おっしゃってくださいね」

「ありがとう。そのときは頼むよ」

にっこりと浮かべる笑顔も、心なしか寂しそうだ。

「あの――」

ルルはポケットから小さな包みを取り出した。

少しでも元気がでるといいなと思いながら、包みを差し出す。

「もしかしてハンカチか？」

「はい。ドラゴンの刺繍をしてみました」

急がなくていいと言われたが、いつまでも彼のための刺繍を続けていては、想いばかりがどんどん膨らみそうで怖かった。

それに、ドラゴンに集中すれば悪い夢を見ないで済む気がしたのだ。

ネックレスのおかげかこの二日は見ていないが、ルルはときどき悪夢に襲われていた。

魔獣に襲われる夢。暗い窓のない部屋に閉じ込められる夢だ。今度悪夢を見たときには、このドラゴンを思い出せるよう、脳裏に焼きつけた。

悪夢と一緒に、胸に疼く身のほど知らずな想いを、ドラゴンに燃やし尽くしてほしかった。

そんな切なる願いをこめた刺繍は、初代皇帝の血を引くアレクサンドラしさを考え、上を向いた赤いドラゴンが、青空を昇っていくような図案になっている。

なんとかドラゴンらしい迫力のある刺繍に仕上がったと自分では納得しているが、どうだろう。アレクサンドの反応を見るまでは心配だった。

果たして彼は喜んでくれるのか。緊張した面持ちで、ルルは様子をうかがう。

アレクサンドの第一声は「すごいな」だった。

目を見張り、満面の笑みでハンカチを見つめる彼の姿に、ホッとして胸をなで下ろす。

（よかった。気に入ってもらえたみたいだわ）

「ドラゴンがこのまま天に昇っていきそうじゃないか」

な？と同意を求められ、ルルは真っ赤に頬を染めた。

「そんな……、ありがとうございます」

アレクサンドはなにかにつけ、大げさなほどルルを褒める。

『ルルは器用だな』

『古代語までできるなんてルルはすごいな』

よく気が利くし、センスがいいしと、専属侍女になってまだ日が浅いのに、すでにたくさん褒められた。

気を使ってくれているのだ。

「閣下は、褒め上手ですね」

ルルは以前言われたまま、そっくり返した。

「ん？　そんなこと初めて言われたぞ。褒め上手はお前だろ？」

アレクサンドは笑うが、困ったものだと思う。

彼が立派な人物なのは万人が認める事実だが、ルルが思う自分自身は、ごく平凡な侍女にすぎない。器用な侍女はここにも大勢いるし、古代語が読める侍女も帝都ならたくさんいるに違いなく、すごいと褒められるほどではない。

それでもアレクサンドに褒められれば、ついうれしくなるし、そのたびに胸はときめいてしまう。

褒め上手なだけじゃない。

戦争の鬼などと揶揄され、無口でぶっきらぼうな印象がある彼だが、細やかな気遣いができる、とても優しい人だと知った。

祭りに一緒に行って、何度も感動する場面に出くわした。

人混みを歩くときは、さりげなく体を寄せて誰にもぶつからないようにしてくれたり、店の前でふと目を留めると『入ってみるか？』と聞いてくれたり。泣く迷子をあやし、プレゼントまで買ってくれたりと、ルルの脳裏には次々と祭りの記憶が浮かんでくる。

（楽しかったわ）

時間が止まってほしいくらいに――。

チラリと見ると、アレクサンドはまだしげしげとハンカチを見ている。

もう少し時間をかけて丁寧に作ればよかったと、少し後悔した。

戦地に向かう恋人には、無事を祈ってハンカチを贈るというが――。

（紫色の瞳か……。閣下が好きな女性は、どんな人なんだろう）

帝都にいる貴族の令嬢なのだろうか。

この領地にいるなら、噂になっているはずだから。

本当は私とではなく、紫色の瞳の女性とお祭りに行きたかっただろうに、などと、つらつら思いながら、リンゴの皮をむく。

「あっ」

うっかり指を切ってしまった。

「大丈夫か？」

答える前にアレクサンドの手が伸びてきた。

彼は手際よく布をあて、上から押さえつける。

「さあ、ここに座って。このまましばらく押さえていれば大丈夫だ。血が止まる」

「すみません……」

ナイフを持っているのに考え事をするなんて。絶対にしてはいけないのに。申し訳なくて身が縮む思いだ。

「気にするな。この程度なら誰もが経験しているさ」

彼に握られた指先がジンジンする。

痛みより、動揺のほうが強い。まるで心臓が直結したみたいに鼓動まで高鳴って、しまいには頬まで熱くなってくる。

このままでは、すぐ隣に座っているアレクサンドに、熱が伝わってしまいそうだ。

「ルル、お前の指は本当に細いな」

言われてみれば、アレクサンドの指と比べたルルの指は、まるで子どものように細く見える。

「でも、女性はこんなものですよ？」

「やわらかくて、うっかり潰しちゃいそうだぞ？」

それにはルルも、緊張を忘れて思わず笑った。

「潰しちゃ嫌ですよ」

アレクサンドの手は、剣を握る強くて無骨な手だ。

「閣下の手は力強いですね。とっても安心できる素敵な手です」

あははとアレクサンドは笑う。

「物は言いようだな。豆だらけのゴツゴツした手でいいんだぞ」

少しひねたように軽く睨んでくる彼は、ちょっとだけ子どもっぽく見えた。

「でも、力強いのは本当です」

「そうか。でも刺繍はできない」

「それはまぁ……」

この大きな手で、ちまちまと刺繍をする姿を想像したら、笑いが込み上げた。

「あ、今、想像しただろ」

「だって」

ブッと噴き出して笑っていると、ふと抱き寄せられた。

（えっ？）

「――閣下？」

すっぽりとアレクサンドに包まれると、胸の奥にしまって蓋をしたはずの彼への想いが湧き上がってきてあふれ出しそうになる。

初めて手をつないだときにも感じた痺《しび》れのような感覚もあり、心臓が早鐘を打つ。離れなきゃいけないと思うのに、体も心も理性を拒絶したように動かない。

「ルル、俺はどうしたらいい？」

いったい彼はどんな表情をしているのか。

抱きしめられているので、アレクサンドの顔が見られない。

「なにかあったのですか？」

いつだって落ち着いている彼が戸惑いを隠さないなんて。ピエールの報告に、彼を惑わすよからぬ事件でもあったのだろうか。

今朝、寝ぼけ眼《まなこ》で使用人の朝食の席に顔を出したピエールの様子を、ルルは思い返した。

『帝都は地獄、ここは天国』とふざけた調子で言っていたが、恐らく大きな問題を抱えているのだろう。

どんなに優れた領主でも、何万、何千という人々の期待を背負っていれば、決断に迷うこともあるはず。

「大丈夫ですよ、閣下が出した答えなら」

思わず口をついて出た。

無責任とは思うが、彼が出す結論ならそれが正解だと、ルルは信じている。

「俺がしようとしていることが、人として、間違っていてもか？」

体を離したアレクサンドは、ルルの頬を掴みジッと見つめる。

「それでもいいと思うのか？」

ルルは精いっぱいの笑みを浮かべて、大きくうなずいた。

「はい」

アレクサンドがなにに悩んでいるかわからないが、ルルには彼が間違った選択をするとは思えなかった。

彼は、不穏な土地とされ嫌われたこの地を楽園に変え、多くの人に、生きる勇気をくれた。

幸せになっていいんだよと励まされたのはルルだけじゃない。この地のみんなが経験した揺るぎない事実である。

アレクサンド・ド・グロワールという存在そのものが、希望なのだ。

「閣下さえいれば、それでいいんですもの」

この先なにがあっても彼と一緒なら乗り越えられると、断言できる。

「私はどこまでも閣下についていきたいです。閣下が大好きだから」

ふと、なにか言い間違った気がした。

「よし、よく言った」

にんまりと目を細めるアレクサンドの表情に、嫌な予感がする。

「えっと——」

まさか、愛の告白になっていないわよね?と思ったが。

「俺が大好きなんだな?」

「そ、それは、その、侍女として、というか」

やはり失言だったと気づくが、否定するには遅すぎた。

「お世辞だったのか?」

「ち、違います」

体を離したアレクサンドは、真顔になる。

「ルル。俺を信じてついてきてくれ。今はそれしか言えないが、信じてついてきてくれるか?」

ルルは照れも忘れて、大きく首を縦に振る。

愛の告白と誤解されたとしても、彼を信じる気持ちに嘘はない。

「もちろんです閣下、私はどこまでもついていきます」

この先、アレクサンドの悩みがすべて解決し、幸せになるそのときまで。

アレクサンドの想いが叶い、いつか紫色の瞳の女性と結婚して、幸せそうに笑う彼を目にするそのときまで、しっかりとついていこうとルルは心に誓う。

（閣下の幸せが、私の幸せだから）

＊＊＊

ドラゴン祭から一週間後の夜だった。

カンタンがアレクサンドに『到着したようです』と耳打ちした。

「わかった。ここに通してくれ」

ほどなくして護衛騎士のマロと、マントのフードを深くかぶった男が入ってくる。

「さあ、どうぞ。よく来てくれました」

アレクサンドに促されフードをはずした彼はゴーティエ公爵である。

早朝、足に手紙をくくりつけられたハヤブサが戻ってきた。ゴーティエ公爵が鳥城に来るという知らせだったのだ。

処刑を免れたものの、公爵はゴーティエ公爵領地内にある自身の屋敷に軟禁されている。見張りの近衛兵が門を固めていて、本来なら外へ出られない。だが、現在の責任者は、戦場でアレクサンドに命を助けられたという恩があり、今回、密かに公爵の脱出を手助けしてくれた。

少なくとも担当が変わるまでの二週間は心配ない。

公爵とアレクサンドが顔を合わせるのは二年ぶりになる。

会っていなかった間に、公爵はすっかりやつれていた。

それもそのはず、最愛の妻マリィの最期を看取り、続くルイーズ事件と、心労の深さは計り知れない。

かける言葉に迷うアレクサンドに、ゴーティエ公爵は深々と頭を下げた。

「閣下、多大なる援助、ありがとうございました」

処刑をあきらめたとはいえ、ディートリヒがそれで済ますはずもなく、公爵を軟禁すると同時に資産を凍結した。公爵の自滅を狙ったのである。

孤立するよう睨みを利かせる中、アレクサンドだけが堂々と支援物資を運び入れた。囲む近衛兵を尻目に〝アレクサンド・ド・グロワール〟と旗を掲げ、食料に資金を忍ばせ荷馬車を送ったのだ。

彼の援助がなければ、公爵は辞めていく使用人の退職金も、残る使用人の給与も払えず困窮しただろう。

だが、アレクサンドはにこりともせず、神妙な顔で頭を振る。

「いいえ。気にしないでください」

我が弟のしでかした悪事と思えば、むしろ申し訳ないという思いが先立った。ルイーズを助けられなかったことも――。

「なんとしても疑いを晴らしましょう」

労わるように公爵の背中に手を回したアレクサンドは、ソファーへと促す。

「さあ、とりあえずどうぞ、おかけください」

「ありがとうございます」

ワインをすすめ、リラックスしながら公爵に状況を説明してもらい、まずは現状の把握に努めた。

公爵家は執事をはじめ使用人たちの強い団結がある。アレクサンドの援助もあるが、公爵家が誇る騎士団もほぼ全員が公爵家に残っている。

領地民たちがせっせと農作物を届けてくれるというのには、公爵もずいぶん励まされたようだ。

「ルイーズ嬢が宮殿にいるというのは本当ですか？」

「わかりません。ルイーズからという手紙は受け取りましたが、筆跡だけではなんとも、皇帝は宮殿に来るように催促するのですが、とても信じられず」

　ゴーティエ公爵は深いため息をつく。

「ルイーズなら公爵邸に帰らせてくれと伝えても、それには応じられないの一点張りで」

「おかしいですね」

　許すつもりなら、なぜ、ルイーズを手放そうとしないのか。

「皇帝の手紙には、ルイーズを愛しているから、西の塔へは送らず、密かに宮殿に留めたと書いてあったのですが、それならどうして、ろくな捜査もせずに処罰を決めたのか。筋が通らぬ滅茶苦茶な言い分で」

　公爵は冷静に分析していた。

「閣下、ルイーズの遺体は確認されていないのですよね？」

「ええ……」

　ひと呼吸おいて「なんとも難しい状況です」と、アレクサンドは言いよどんだ。

　うかつに期待だけを持たせてはいけない。

　公爵もわかっているのだろう。うなずき静かに瞼を落とす。

「婚約から事件まで、公爵が知る限りのすべてを話してくださいませんか」

　まずは、ルイーズ事件そのものを把握しなければならない。

なぜルイーズが、皇太子の婚約者になったのかも、アレクサンドは知らなかった。

「そうですね……」

公爵は長い息を吐き、ワイングラスをテーブルに置くと、ゆっくり口を開く。

「当時、私は閣下とルイーズの結婚を願っていました。実はそれがマリィの遺言でもあったのです」

「遺言？　マリィの？」

公爵はうなずく。

「陛下とも話をしていたんです。閣下が戦争を終えてルイーズが二十歳を過ぎて、ちょうどいい時期にと。ですが――。そうはいかなくなりました」

宮殿での舞踏会で、ルイーズがバルコニーで男に襲われ、助けたのはディートリヒだった。

男は落ちぶれた貴族の息子で、ディートリヒがその場で切り捨てたという。

「ルイーズとの婚約を強く願ったのは、当時の皇太子ディートリヒ殿下でした」

「断れなかったわけか」

「はい。今思えばあの事件も仕組まれていたのかもしれません。事件で死んだ男の実家はその後、男の弟が継ぎましたが、あったはずの借金がいつの間にか消えていたのです」

公爵は悔しそうに眉をひそめる。

「ルイーズが殿下の婚約者として宮殿に入ってからは、ふたりきりでは会わせてもらえませんでした。必ず見張りのように侍女長がいたのです」

それから先は声を震わせた。

ルイーズはいつも不安そうな表情をしていたという。

「これを」

公爵はポケットから結んだ紙を取り出し、開いてアレクサンドに見せた。

「事件の一週間ほど前、最後に会いに行ったとき、ルイーズからこっそり渡された紙です」

開いても手のひらほどの、小さな紙である。

【皇太子はなにか企んでいます。お父様は今すぐ戦地へ行き、大公閣下と一緒にいてください】

最後にＬのサインが入っている。女性らしい美しい字だった。

いったいなにを彼女は感じたのか。父親の無事を願い、アレクサンドを信じる彼女の気持ちを思い、込み上げる無念さに、アレクサンドの手が震える。

「あの子を置いていけるはずもなく、皇帝に会いに行きましたが、かといってルイーズの手紙を皇帝に見せるわけにもいかず」

「父上の様子は?」

「もうすぐアレクサンドが帰ってくると、陛下はうれしそうでした」

アレクサンドは頭を抱えた。

「ああ……。その頃だ。俺は、そろそろ決着がつきそうだと伝令を送ったから」

「その次の日です。事件は――」

重い沈黙に包まれた。

「あの子にはあれきり会えませんでした。なにを知り、なにを思い、どうしていたのか。知る由もありません」

公爵も、アレクサンドも瞼を閉じ、しばらく沈黙した。

気持ちを落ち着け、顔を上げたアレクサンドは大きく息を吸い「一時的だったんだ」と、話し始めた。

「父は俺に次の皇帝になれと言っていた。周辺国とのいざこざを片づけ、この大公領での成功を引っさげて帝都に帰ってこいと。ディートリヒには母方のランベール公爵家の強い支援がある。その力に対抗し、混乱なく皇帝になるために、誰にもなにも言わせないだけの実績をつくれと、父は言っていた」

うなずく公爵も前皇帝の側近である。

「陛下は楽しみにされていました。誰よりも閣下のご活躍を喜んでおられました」

だがそれは内に秘めた思いであり、公にはしていない。

皇帝として国政が混乱しないよう、あくまで皇太子ディートリヒを蔑ろにはしなかった。

アレクサンドが皇帝という地位にさほど興味がなかったのもある。

「俺は、ディートリヒが、なにを考えようが結果的に善政を敷くならいいと思っていたんです」

だが、結果は言うまでもない。

なにがなんでも皇帝になるために毒まで使って父親をも手にかけ、功臣であるゴーティエ公爵を一緒に葬るという暴挙に出るとは。

「姑息で悪賢いとは思っていたが、まさかそこまで悪人とはな。血を分けた弟とはいえ――」

絶対に許さないと続く言葉はのみ込んだ。

口にして、これ以上ゴーティエ公爵を巻き込みたくなかった。

「陛下もなんだかんだ言いつつ、ディートリヒ殿下をかわいがっていらっしゃった。閣下がどうしても帝位を嫌がるなら、皇太子を閣下が支えるのもいい形かもしれないと、おっしゃっていたんです」

だが、きっと無理だっただろう。

「俺に注目が集まれば、あいつは必ず俺の命を狙う。ディートリヒは自分だけが頂点にいる世界しか受け入れられないんだ」

皇帝となった今もそうである。

取り巻きをはべらせ、気に入らない貴族には理由をこじつけて増税を課す。最近は自分を神聖化するために神殿に取り入っているという。

ディートリヒの考える絶対的君主は、どこまでも張りぼてだ。中身がない。

大きくため息をついたアレクサンドは、背もたれに体を預け、右手でこめかみを掴んだ。

（このままにはしておけない）

コンコンとドアがノックされ、アレクサンドはハッとして扉を振り向いた。

「失礼いたします」

ペコリと頭を下げたのはルルだ。

ワインの追加と軽食をのせたワゴンを押して入ってくる。

今日はもう休むよう言ったのに、と思う反面ちょうどよかった。

まだ刺繍の話をしていないが、公爵とルルが顔を合わせれば、なにかがわかるかもしれない。

公爵は宮殿にいるというルイーズを疑っている。

ルルがルイーズである可能性は、まだゼロじゃない。アレクサンドは公爵の様子を、注意深くうかがった。

公爵はチラリとルルを見て、ハッとしたように目を見開いた。

そのままジッとルルを見つめている。

「ルル。これが済んだら、今度こそもう休んでいいぞ」

「はい。わかりました」

料理をテーブルに置き、ルルは静かに部屋を出ていった。

待ちかねたように公爵が聞く。

「彼女はもしかして、刺繍の？」

「はい。半年ほど前、魔獣の山の洞窟で発見されたんです。記憶を失っているのですが」

カンタンの部下に発見されたときの状況を説明した。

「似ていますよね？」

聞くまでもなかった。

「髪と瞳の色以外はすべて。声までそっくりです」

興奮を隠せないように、公爵は「そうですか、記憶を……」とつぶやく。

公爵はポケットから、アレクサンドがハヤブサに託した花の刺繍のハンカチを取り出し、ジッと見つめる。

「実は、この刺繍が気になって駆けつけたんです」

父親が言うのだから間違いないかと、アレクサンドもまた気がせいた。

「本人だと、確信できる決め手はありませんか？　持ち物はすべて取り上げられたようで、特になにも持っていなかったそうですが」

「カメオのネックレスはなかったのですか？」

ルイーズはマリィの横顔を刻んだカメオを肌身離さず持っていたという。

「聞いた話では、カメオをネックレスにして身につけることだけは、許されていたはずですが」

「そうですか……」

少なくともルルはなにも身につけていなかった。

「神聖力は？　マリィにはありましたよね？」

公爵は「えっ？」と、戸惑いを見せた。

実は幼少期にマリィに怪《け》我《が》を直してもらったのだと話をすると、公爵は合点がいったらしい。

「マリィには強い治癒力がありました。ただ代償に自分自身の命を削らなければならず、公にはしなかったのです」

「そうだったんですね」

「ですが、ルイーズにその力があるかどうかはわかりません」

公爵は左右に首を振る。

「少なくとも私が知る限りはなかったと思います。ただマリィが言うには、子どもの頃はなくとも、なにかをきっかけに発現する場合があるそうで」

「実は――」

アレクサンドはドラゴン祭でのルルの力について話した。

「どんな力なのかは神官に判断してもらわないとわかりませんが、間違いなくルルには、なんらかの神聖力があります」

「それじゃ」

希望を見たのか、公爵の瞳に生気が満ちる。

「彼女にもう一度会わせてもらえませんか？」

「もちろんです。明日の朝、あらためて紹介しましょう。今日のところはゆっくり休んでください」

公爵は「ええ、そうですね」と、自分に言い聞かせるように何度もうなずいた。

カンタンに公爵を部屋に案内させてひとりになると、アレクサンドは興奮を隠せず「やはり、そうなのか」とつぶやいた。

神聖力を含め、ルルがルイーズである可能性は大きくなった。

だが、焦りは禁物だと、気持ちを引き締めた。

公爵もひと晩寝れば冷静な目で判断できるだろう。

ふと、ルイーズが父親に託した小さな手紙を思い出し、自責の念にのみ込まれそうになる。

しかし負けたわけじゃない。

あの手紙によってディートリヒが事件を企てた可能性がより高くなった。

彼女の思いを無にするものかと拳を握りしめ、雑念を振りきるようにアレクサンドは顔を上げた。

(公爵家の名誉も幸せも、俺が取り返してやる)

◆忘れた記憶　～皇太子妃候補として～

遡ること二年前――。

その日はルイーズの十八歳の誕生日だった。

ルイーズ・ゴーティエ。彼女はゴーティエ公爵家のひとり娘である。

ゴーティエ家は歴史ある公爵家だ。

初代ゴーティエ公爵は当時の皇帝の弟であり、皇族の血を引く。

帝国に公爵家は三家あり、いずれの公爵家も家系をたどると皇族へと続き皇位継承権を持つゆえ、おしなべて強い権力を持つ。

まず、北の要塞モラン公爵家。大公領に次ぐ広大な領地を有しているが、独特な家風をもち、中央の政治には関わらない。

ランベール公爵家は、ディートリヒの母方の実家だ。東部から南部にかけての肥沃な大地を領地にしており、南国へと渡る港もまた領地内にあるため、圧倒的財力を誇っている。

最後にゴーティエ公爵家。

帝国の剣といわれ、常に第一線で国を守ってきた。現公爵を含め、領主は代々ソードマスターであり、ゴーティエ公爵家の騎士は帝国最強の騎士団といわれている。

ルイーズにとってゴーティエ公爵は、厳格だが優しく頼もしい父親だった。

戦場の鬼神と恐れられていたが、ひとたび屋敷に帰れば、妻のマリィやひとり娘のルイーズをあふれんばかりの愛情で包み込んでくれる。

そんな父親と、身も心も美しくて優しい母親の愛に包まれて、幸せいっぱいに育った彼女を襲った初めての試練は、母マリィの病だった。

「お母様、具合はどう?」

ひと月前に倒れてからというもの、日を追うごとにマリィは衰弱していく。

「ええ、今日は調子がいいわ」

にっこりと微笑むが、顔色はあまりよくなかった。

ルイーズは悲しみを笑顔で隠し、母親の優しい嘘に「よかった」と合わせる。

そして、大公アレクサンドが北の蛮族との戦いに勝利し、凱旋するのだと報告した。領土への帰還中、公爵領を通過するので立ち寄るらしい。

「もしかしたら、一泊していかれるそうよ。お母様は、大公閣下の乳母だったのよね」

マリィは、懐かしむように目を細めて微笑む。

「ほんの短い間だったけれど……。そう。今は戦争の英雄でいらっしゃるのよね」

当時皇后だったアレクサンドの母親が存命中、マリィは上級侍女として宮殿に出入りしていた。

乳母だった時期は皇后が亡くなってからの、彼が六歳から九歳になるまでの短いひとときである。

ふいにガランガランと、屋敷の中に鈴の音が鳴り響いた。

貴賓訪問の合図である。

「あ、いらっしゃったみたいね」

侍女とふたり、ルイーズは両脇を支えるようにして母マリィを窓辺にいざなう。

屋敷の正門のほうを見て首を伸ばすと、長いアプローチを進んでくる騎馬の集団が見えてきた。

皆、黒いマントを羽織っている。

皇太子の地位を捨て、大公になったアレクサンドは、まだ二十一歳。

輝くオーラを剣にまとわせて魔獣も倒すというソードマスターだ。

彼は十六歳にして戦地に赴き、それ以降ほとんど戦いに明け暮れていたため、社交界で彼の姿を知る者は少ない。

ルイーズのデビュタントとなった宮殿での舞踏会に彼は出席している。

ダンスが始まって間もなく姿を消してしまったので、そのときは声も表情すらもわからなかった。

ルイーズは、胸を高鳴らせながら、先頭をいく馬上の人物をジッと見つめた。

広い肩幅の堂々たる体躯。黄金の糸のような美しく煌めく髪は、帝国の皇帝グロワール一族の象徴だ。

遠くからでもわかる、彫刻のように綺麗な顔立ち。

甲冑は身につけておらず、マントと同様の黒い戦闘服を着ていて、マントの内側は赤く、大きな漆黒の馬がまるで血を被ったよう。

ひらりと馬を下りた彼は、周りを取り囲む騎士に負けないほど背が高く、圧倒的存在感を漂わせている。

ルイーズの隣で、マリィがそっと涙を拭う。

「皇后陛下。閣下はご立派になられましたよ」と、マリィがつぶやいたその言葉通り、彼は人の頂点に立つ威厳を全身から放っている。

(本当に輝くばかりだわ)

食い入るように見つめていたせいか、ルイーズがいる窓を彼が仰ぎ見た。

その目が鋭く光った気がするが、レースのカーテンがあるため、彼から見えてはいないはず。

それでも慌てて壁に隠れたルイーズは、ドキドキと胸を高鳴らせた。

「失礼いたします。ルイーズお嬢様。旦那様がお呼びです」

迎えが来た。

「お母様お迎えに行ってくるわね。閣下に伝言はある?」

「後でご挨拶に伺うわ」

「はい」

玄関前に着いて間もなく、視線を落として迎えるルイーズの前に、ゴーティエ公爵と並んで入ってくるアレクサンドの影が伸びてくる。

「娘のルイーズでございます」

一歩前に出たルイーズが「グロワール帝国に絶え間なき栄光を」と口上を述べた。

皇族に対する挨拶である。皇太子ではなくなったとはいえ、帝国を代表する存在に変わりはない。

「アレクサンド・ド・グロワールだ」

顔を上げてから失礼にならないよう、ルイーズは視線をアレクサンドの首もとに置く。

それでも緊張と恥ずかしさから息が苦しくなる。

もしかしたら覗き見ていたのを気づかれていたのではないかと、頬を染めてうつむいていると、公爵が『ああ、実は今』と気づかわしげに声をあげた。

アレクサンドがマリィの姿を捜したのだろう。

「マリィは病に臥《ふ》せっておりまして」

ルイーズもマリィの伝言をそのまま伝えた。

「後でご挨拶に伺うと、母が申しておりました」

「どこが悪いのですか?」

眉を曇らせたアレクサンドが公爵を振り向くと、公爵が小さく「心臓が……」と言いよどんだ。

つらそうな父親の姿に、ルイーズの胸が痛んだ。

先日、偶然に両親の会話を聞いてしまったのである——。

『君が命を削って力を使ったから。すまない、すまないマリィ……』

『謝らないで、あなた。力と私の寿命は関係ないわ。私の心臓が弱かっただけよ』

マリィには神聖力があった。

彼女の一族にはときどき、治癒力や浄化力など不思議な力を受け継ぐ女性が現れる。

しかし、貴重な力であるだけに、利用されるなど不幸になることが多かった。

それゆえマリィの力も秘密にされてきて、知っているのは公爵とごく一部の使用人だけ。ルイーズが知ったのも、ごく最近だった。

今ほど具合が悪くなる前、マリィが『ルイーズ、実はママにはね、治癒力という秘密の力があるのよ』と、打ち明けてきた。

ルイーズは子どもの頃から、周囲の人に比べて病気や怪我の治りが早かった。なんとなく不思議に感じていたので、なるほど母の治癒力のおかげだったのかと、納得した。

同時に自分にもその力があるのかと期待したが——。

『私にはその力はないの？』とルイーズが聞いたとき、マリィは『ない方がいいのよ。私の代で終わり』と、微笑んで話を変え、うやむやにしたのである。

両親の会話から、母が命を削って父を助けてきたとルイーズは知った。

公爵は戦争のたびに負傷して帰ってきた。特に重傷だったのは二か月前。

アレクサンドとともに前線で戦っていたときに、脇腹に深傷を負い、意識不明の状態で騎士に運ばれ帰ってきたのである。

マリィは力をすべて使い、寝ずの看病をした。

おかげで公爵は奇跡の回復を遂げたが、入れ替わるようにしてマリィが倒れた。

神殿からもらった聖水のおかげでマリィの心臓の痛みは和らげられたが、衰弱は止められなかった。

公爵は自分のせいだと涙を流したが、マリィは寿命なのだと公爵を慰めていた。

（私にも神聖力があれば、お母様を助けられたかもしれないのに）

悲しいことにルイーズにはなんの力もなかったし、あったとしても寿命は変えられないのである。

その夜はアレクサンドの凱旋を祝う晩餐となった。

騎士たちには広間を開放し、賑やかな宴会となったが、公爵とアレクサンド、そしてルイーズは別の部屋で静かな晩餐となった。

そこにはマリィも同席した。

聖水を飲めば数時間は体調が回復する。

立っていられなくても椅子に座っている分には大丈夫だからと。

病に侵され痩せてしまったせいか、透明なほど白い肌のマリィは、美しさにすごみが増していた。

マリィは帝国一の美女と称された美貌の持ち主だ。娘時代は多くの貴公子が求婚したという。

当時のゴーティエ公爵は帝国一の剣の使い手であり、見た目も麗しい公爵家の嫡男として令嬢たちの憧れの的であった。

しかし、彼は、デビュタントでのマリィの美しさに惹《ひ》かれ、さらには彼女の優しさに触れ、心を奪われてしまった。縁談が多く寄せられていたが、彼はそのすべてを断り、マリィへの想いを貫いた。

マリィの実家は貧しい男爵家であったから玉の輿《こし》である。彼女もまた騎士として名を馳せていた彼に憧れていたというから、ふたりは貴族社会では珍しい恋愛結婚であった。

晩餐の席でも、公爵はマリィから片時も目を離さず、気遣っている。その様子を見て、ルイーズは泣きそうになり唇を噛む。

だが今、帝国は戦時下にある。蛮族との戦いで終わりではない。

公爵は毅然としてアレクサンドに進言した。

「閣下、あとひと息ですね。いつでも出陣できるよう準備をしておきます」

西の大国イデアル王国との戦いが終わらない限り、帝国の平和は実現しない。剣の名門ゴーティエ公爵が戦地へ向かうのはしかたがないことだった。

視線をテーブルに落としたルイーズは、悲しみをこらえ、スープにスプーンを伸ばす。

「師匠には帝都にいてほしいのです」

彼は剣の師匠でもある公爵に対し、変わらず礼儀を尽くし、私的な会話では師匠と呼び、敬語を使う。

「えっ？　いえいえそういうわけには。ともに戦います」

もしかしてアレクサンドはマリィの病気を気遣ったのかと、ルイーズはハッとした。

ルイーズだけでなくマリィもそう思ったのだろう、驚いたようにアレクサンドを振り向いた。

「宮殿や貴族たちの動きを偵察してくれませんか。俺には信用できる味方が師匠しかいないですから」

「なにか気になることでも？」

アレクサンドはうなずく。

「ランベールの動きが気になります」

それから少しだけ政治的な話になったが、ルイーズは身震いした。

ランベール公爵家は、皇太子ディートリヒの母方の実家である。

側室だった彼女は、皇后の座を狙いアレクサンドの母親を陥れたと噂されていた。だが、彼女自身も不慮の事故で亡くなっている。その事件もまた、次の皇后——ルイーズ事件で亡くなった——が仕組んだとささやく者もいるが、真相はわからない。今の皇室はそういうところだ。

毒殺に不慮の事故。

宮殿とはルイーズにとってこの上なく恐ろしい場所だった。できることなら関わり合いたくないと思っている。

なのに、皇太子ディートリヒの妃候補として、ルイーズの名前があがっていた。

ルイーズは帝国の貴族の中で最も位の高い公爵家の令嬢で、年齢的にもちょうどつり合う。候補にあがるのは当然だった。

皇族の象徴である黄金の髪に、母譲りの青い瞳。美しい彫刻のような顔に、いつも柔和な笑みを浮かべていて、綺麗な人だとルイーズも思う。

話し方も穏やかで、そつがない。

だが、デビュタントで彼と踊ったとき、ルイーズは彼の目の奥が氷のように冷えていると気づいた。

（なんとなく怖かったわ……。戦争狂といわれる大公よりも、ずっと）

ふと前を向くと、目の前に座っているアレクサンドと目が合い、慌てて瞼を伏せた。

情熱を秘めた燃えるような赤い瞳は、見る者の心に火を灯すようだ。ドキドキと鼓動が高鳴り落ち着かない。

ルイーズは火照る胸を冷ますように、そっとグラスの水を飲んだ。

アレクサンドとディートリヒは母親が違うとはいえ兄弟なのに、まったく印象が違う。

目の前の彼はディートリヒよりも背が高く、肩幅が広くて胸板も厚い。近くで見るとなおさら男らしく感じた。

（この方が帝国を守ってくださっているんだわ）

彼が次に戦う相手、イデアル王国は帝国の北西にある油田を狙っている。その油田から出る油は純度が高く、良質な油田がないイデアル王国は喉から手が出るほど欲しがっている。いっときは占領されてしまったらしい。アレクサンドがあきらめずに戦ってくれるおかげで、帝国は庶民でも冬を越せるのだ。

それなのに戦争狂だなんて、ひどい噂だとルイーズは思う。

挨拶しか交わしていないので、彼がどんな人なのか、ルイーズにはまだよくわからないが、少なくとも戦争好きなのではないと知っている。

噂を聞いた公爵も『戦争が好きな人間などいない』とあきれていた。

『大公は覚悟を持って先頭に立っていらっしゃる。その勇気にいつも頭が下がる』と。

晩餐が終わり、ルイーズは先に自分の部屋に下がった。

薄いショールを羽織り、庭園に出て風にあたる。

季節は秋、夏の熱気がいくらか和らいだ優しい風が、ルイーズの銀色の髪を揺らし、花々の甘い香りが鼻腔をくすぐった。

ここゴーティエ家の領地は帝都の北西に位置し、帝国の中でも特に平和な地域といわれている。


この地でルイーズはなに不自由なく、両親の愛に包まれて幸せに暮らしてきた。

幸せ者だと、自分でもわかっている。でも……。

ルイーズは母の愛する庭園を眺めて思う。

この幸せが半分になってもかまわない。母の命を長らえてもらえないだろうか。

豪華なドレスなんて着なくてもいい、ただ、両親の笑顔が目の前にさえあれば。

噴水の水面で揺れる丸い月を見つめながら、ルイーズはやり場のない悲しみに暮れた。

夜の庭園は頬に伝う涙を隠してくれる。髪がなびくまま、そのまましばらく風に身を任せた。

だが、いつまでもこうしていては侍女が捜しに来る。

気持ちが落ち着いたのを見計らって邸内に戻った。

自室に向かって廊下を歩いていると、ふと、声をかけられた。

アレクサンドが、ルイーズのハンカチを手にしている。

ぼんやり歩くうちに落としてしまったようだ。

「ありがとうございます」

受け取ったハンカチは湿っている。

涙を拭いたせいで濡れていると、彼は気づいたかもしれず、恥ずかしさにうつむいた。

ルイーズが泣けるのはベッドの上と暗い庭園の散歩中だけだ。侍女に見つかれば心配されてしまうから、お風呂でも泣けない。

「綺麗な刺繍だ。君が？」

ハッとして顔を上げると彼は、微笑んでいる。

「はい。母に教えてもらいながら」

「そうか……」

アレクサンドは「マリィの回復をずっと祈っているよ」と言い残し、廊下を進んでいった。

ルイーズは後ろ姿にあらためて礼を言い、そのまま彼の背中を見送った。

いつか、彼のために刺繍をしたいと思った。

そんな日がくるならば。

◆見えてきた真実

アレクサンドは今日、自室に客を招いて朝食と取るという。

（昨夜、閣下のお部屋にいたお客様かしら……）

使用人用の食堂で食事の準備をしながら、ルルは首をかしげた。

あれは誰なのか。なぜか心に引っかかる。

もう一度会ってみたかったが、朝食の用意をしに行ったとき、部屋にはアレクサンドがいるだけで、客の姿はなかった。

これまでも一日おきの頻度で客が来ている。いつもなら前もって身分や名前が伝えられるのに、夕べの客は名前すら聞いていない。

年齢は四十代か。

カンタンと同じくらいの年齢と思われる貴族の男性で、彼はルルと目が合ったとき、驚いたようなそぶりを見せた。

そのときの様子が気になり、あれこれ思い返したりして昨夜ルルはよく眠れなかった。

「おはよう」

明るい声に振り返ると、ピエールが朝食を取りに現れたところだった。

「ピエール様。閣下のお客様はなんとおっしゃる方なんですか？」

「うーん？」

快活な彼にしては、いつになく歯切れが悪い。

「あ、いえ大丈夫です」

秘密のお客様なのかと察し、ルルはそれ以上聞くのを遠慮した。

「ごめんね。僕はまだそのお客様と会っていないんだ」

「そうでしたか」

夕べから、ピエールやマロの動きが活発だ。

（なにがあったのかしら）

ルルは知らないが、昨夜、アレクサンドはゴーティエ公爵が自身の部屋を出てすぐ、護衛騎士のマロを呼び至急カメオを捜すよう伝えていた。

マロは手分けをしてひと晩のうちに領地内の店を回り、ルイーズがつけていたものと似ていると思われるカメオのネックレスを見つけたのである。

そんなこんなで人の出入りが激しいが、事情を知らないルルたち使用人は「なんだか騒がしいわね」と首をかしげていた。

時間を見計らい、ルルはアレクサンドの部屋に向かった。

ルルが部屋に着く頃には、すでに食事は終わっていたようで、アレクサンドと客は窓際に立ち、外を見ながら話をしている。

ルルが食事の後片づけをしていると、扉がノックされた。

失礼しますと言ってから入ってきたのはマロだ。

「店にカメオを持ち込んだ男から、話を聞いてきました」

「そのまま、続けてくれ」

マロは軽く会釈をして続ける。

「沢に落ちていたのを見つけたそうです。嘘をついている様子はありませんでした。チェーンは切れていたので店主がつけ替えたそうです。こちらが、切れていたチェーンです」

チェーン自体の質がいいので、後で加工しようと店が保存していたらしい。

「場所はどの辺だ？」

アレクサンドが向かった先に山の模型がある。

それは魔獣の山の模型で、大まかな棲息地など印がついている。以前ルルは、その模型で自分が見つかった洞窟を教えてもらっていた。

「説明から察するに、このあたりでしょう。双子《ふたご》大岩《おおいわ》のあたりだと言ってましたから」

客も真剣な表情でマロが示す先を見つめている。

ルルもなんとなく気になり、首を伸ばして模型を覗いた。

その場所は、ルルが倒れていた洞窟の脇に流れる沢の下流のようである。

偶然なのか……。

胸騒ぎがして、あらためて客が手にしていたカメオをちらりと見た。

朝食の準備の際に、模型のあるテーブルにカメオが置かれているのに気づいていたが、ルルはあえて見ないようにしていた。気にはなったが、アクセサリーを凝視しては失礼だと思ったからである。

金や細かい宝石で縁取られた中心にあるカメオは、濃いブルーを背景にして貴婦人の横顔が白く浮き出ている。

とても美しい女性だ。

ルルは吸いつけられたように、カメオから目が離せなくなった。

（この女性……。私、たぶん、知っているわ）

やわらかく微笑んでいる横顔が、脳内で一幅の絵に変わっていく。

「そうよ……。このカメオは」

小さくひとりごち、震える手を伸ばした。

「ルル？　どうした？　大丈夫か？」

アレクサンドの声に振り向き、目が合った途端に涙があふれた。

夕べ。いつになくなかなか寝つけなかった理由。頭の奥で、記憶が暴れていたのだ――。

ルイーズの愛称はルルだった。

『ルル。あなたにこれをあげるわ』

あれはルイーズの、十歳の誕生日。

『まぁ綺麗！　この女の人はお母様？』

『ええ、そうよ。このカメオがあなたを守ってくれるわ。ママの分身だと思って、肌身離さず持っていてね』

『はい。わかりました』

それからはずっと、プローチにしたりネックレスにしたりして、いつも身につけていた。

地下牢に送られるときも、これだけは母の形見だからと必死でディートリヒに頼み、取り上げられずに済んだのだ――。

ルルは、ゴーティエ公爵から受け取ったカメオを握りしめ、胸に抱え込むようにして、その場に泣き崩れた。

「お母様、お母様……」

「ルルなのか？」

ハッとして振り向くと、しゃがみ込んだ公爵と目が合う。

公爵の瞳は涙で潤んでいた。

「お父様」

「ああ、ルル」

ルルとゴーティエ公爵はしばらくそのまま、抱きしめ合って、ともに泣いた。

＊＊＊

「では、魔獣に助けられたのか？」

「はい。灰色の大きなウサギの形をした魔獣です」

アレクサンドがウサポンという魔獣の補足をする。

「ごくまれに山から下りてくるんですが、基本的におとなしい魔獣です」

馬車が襲われ、横転した後、外に投げ出されたルルとルイーズは、そのまま気を失った。

次に目を覚ましたとき、辺りは一変していて馬車は大破し、魔獣同士が戦っていたという。

ルイーズが倒れていた場所は、たまたま低木の陰で、体は大きいがかわいらしい灰色のウサギがすぐ隣にいて、そのウサギも魔獣同士の戦いを覗いていた。

そのウサギは子どものウサポンだったのだ。

子どものウサポンに促されるようにして背中に乗り、ルイーズはウサポンの巣である洞窟で過ごした。

「私には行き場がなかったし、ウサポンは言葉こそ通じなかったけど、優しくて。くっついていれば温かいし、木の実を一緒に食べて冬を越せました」

ゴーティエ公爵の手を握りながら、ルイーズは思い出した通りに話した。

「カメオのネックレスは、沢に水を汲みに行ったときに落としてしまったのです。ネックレスを探すうちに凶暴な魔獣に見つかってしまって。慌てて洞窟に戻ったんですが、途中別の魔獣にも遭遇して、気を失って」

それから先はアレクサンドがカンタンから聞いた話の通りだ。

「洞窟で気を失うまで、髪の色は変わっていなかったです」

アレクサンドは「やはり魔獣の血で染まったんだな」と納得したようにうなずく。

「魔獣の血で魔法薬ができるのは知ってますが。髪や瞳の色が変わるなど、そんな現象は聞いたことがない。ルルは大丈夫なんでしょうか」

心配そうな公爵に、アレクサンドは「心配ないですよ」と微笑む。

「この領地でしかいない珍しい魔獣なんですが、血液は無害だとわかっています」

しかも血は青いままだった。黒く変色していれば毒素が発生していたかもしれないが、その心配もない。アレクサンドは断言できた。

「治療師の評価でも、彼女は健康です」

彼の力強い言葉に納得し、ルイーズも「お父様、閣下のおっしゃる通り、私は大丈夫よ」と言葉を添えた。誰よりも魔獣に詳しい彼が言うのだから、不安はなかった。

「この子の髪と瞳は戻らないんでしょうか？」

「いや、恐らくだが少しずつ戻っているはずです。カンタンに確認しましたが、半年前のルルの髪は、今より濃い緑だったようなので」

公爵は「そうですか」と、安堵のため息を漏らす。

だが、もとの色に戻ったとして、それがルイーズにとっていいのか悪いのかわからない。

今の彼女はあくまでも身元不明の〝ルル〟であるから、こうして安全に過ごせているのだ。

ルイーズ・ゴーティエは宮殿にいることになっている。

「となると、宮殿にいるルイーズは偽者で間違いないな。恐らく似ている者を探して連れてきたんだろう」

「そうなりますね」

ルイーズはそこで初めて、宮殿に〝ルイーズ〟を名乗る女性がいると聞かされた。

「私そっくりの……」

ルイーズが知る限り、自分によく似た貴族の令嬢はいないし、聞いたこともない。

となると平民に違いなく、その女性の未来を思いゾッとした。

「ディートリヒ殿下は恐ろしい人です。その女性はきっと平民でしょうし、必要がなくなれば殺されるに違いありません」

彼は、平民を人だと思っていない。

補充のきく労働力としてしか見ていないのである。

謁見の間に平民を招いた後は、顔を歪めて『くさい』と言い放ち、大広間の消毒までさせていた。思い出すだけでも胸が痛くなる。

彼らの汗があればこそ、帝国は成り立っているというのに。

「ルル。大丈夫か？」

悔しさのあまり、拳を握っていたらしい。

震える手の上に公爵の温かい手が重なった。

「お父様。はい、私は大丈夫です」

親子ともども無事に生きていた。その喜びに意識を集中させようと、気持ちを落ち着ける。

（私は最初から、西の塔ではなく魔獣の山に放置される計画だったなんて、今は言えないわね）

話してしまえば、公爵はディートリヒを斬りつけてしまうだろう。

悔しいが、現状、なにもできそうにない。

相手は今や権力の頂上にいる皇帝である。

「ルル、君が危機を知らせる手紙を見せてもらった。あのときなにがあった？」

「はい。実はディートリヒ殿下に怪しい動きがあると、ある侍女が教えてくれたのです」

ルイーズは宮殿で孤立していたわけではなかった。密かに彼女の味方をしてくれる侍女や侍従がいたのだ。

彼らは、表向きはディートリヒに従順だったが、その裏でルイーズに忠告を忘れなかった。

「ディートリヒ殿下とランベール公爵が、『ようやくできた』と笑っていたと言っていました。お父様のことも『もろともに消えてもらう』と。その日からディートリヒ殿下は陛下や第三皇子などの行動を注意深く監視し始め、間違いなくなにかあると感じたそうです」

そのほかにも『アレクサンドが帰る前に』という言葉もあったが、ルイーズは言わなかった。間もなく戦争を終えて帰還するという報告を聞き、彼らは事を急いだのだ。

言えばアレクサンドが自身を責めるに違いなく、ルイーズはそんな思いを彼にしてほしくなかった。彼はなにひとつ悪くはない。

「〝できた〟とは毒のことか」と公爵が眉をひそめる。

「はい。今思えばそうでしょう。ですが、まさか陛下まであんな目に……」

ルイーズは恐怖と悲しみに震え、膝の上で拳を握る。

ディートリヒが狙ったのは第三皇子や皇后かと疑ったのだ。皇后にはディートリヒの母親を事故に見せかけ殺害したという噂がある。まさか実の父親まで手にかけるとは、ルイーズには想像すらできなかった。

「わかった。ありがとうルル、つらいことを思い出させてしまったな」

優しくルイーズに声をかけ、微笑んだアレクサンドは、公爵を振り向き「考えがあります」と言った。

「本物のルイーズが生きていたとディートリヒの耳に入ると厄介なので、公表するタイミングを見計らいたい。そのときまで〝ルル〟でいてほしいと思うのですが、どうでしょう」

公爵は大きくうなずいた。

「ええ、安全を考えればそのほうがいいでしょう」

ルイーズを振り返るアレクサンドに、彼女も「私もそうしたいです」と答えた。正直に言えばこのままずっとルルでいたいとさえ思っている。

ふたりを安心させるように首を縦に振ったアレクサンドは、あらたまったように話を切り出した。

「それから、実はひとつ大切なお願いが――」

◆皇帝ディートリヒ

「はぁー」

ディートリヒは重いため息を吐き、椅子の背もたれに体を預け、そのまま目を閉じた。

瞼の裏に、毒を食らい苦悶の表情で倒れていた前皇帝が浮かぶ。

『父上！　なぜですか！　犯人はあの女に違いないのに！』

八年前。ディートリヒの母親を殺したに違いない皇后を捕らえてくれと、彼は前皇帝に何度も訴えた。

だが、前皇帝は訴えを受け入れないばかりか、むしろ怒鳴ったのである。

『いい加減にしないかっ！　お前の母がいったい何人殺したと思っている。なにも言わずジッと耐えてきたアレクサンドの気持ちを、お前は少しくらい考えたことがあるのか！』

奥歯に力が入り、ぎりぎりと音を立てる。

（アレクサンド、アレクサンド！　あいつがなんだっていうんだっ！）

優しい母親だった。誰がなんと言おうと、ディートリヒにとっては唯一無二の愛情深い母親だったのだ。その母を鬼に変えたとすれば、それは前皇帝にほかならない。

前皇帝はずっと、ディートリヒの母親に冷たかった。

（母上は、あなたに愛されることだけを願っていた。なのに——父上、あなたは死んで当然なんですよ。すべて、あなたがまいた種なんですから）

凝り固まった首を回し、気を取り直して机に向かう。

だが、うずたかく積んである書類の山に、ディートリヒは顔をしかめた。

毎日のように訪れる隣国や帝国に属する王国からの使節団の接待に、国内の貴族との謁見。たび重なる会議に山積みの公務。一日も休みがない。

人任せにできない質《たち》であり、いくら時間があっても足りなかった。

疲れはたまりにたまり、隙を見て眠れればいいが、次々と起こる問題に神経は張りつめるばかりで眠気がこない。

彼は今、重度の不眠症に悩まされている。

『ゴーティエ公爵は無実だ！』

領地民に限らず多くの民衆が叫びながら、宮殿の前に押しかけている。

（ゴーティエのなにがそんなにいいんだ！）

勢いあまって羽根ペンのインクが滲み、ディートリヒは忌々しげにテーブルを叩く。

ゴーティエ公爵はディートリヒにとって目の上の瘤《こぶ》だ。彼はアレクサンドの右腕であり、前皇帝が彼を信頼していたのも気に入らない。ディートリヒにとっては敵である。

母親の敵である皇后とその息子の第三皇子を排除しつつ、皇帝殺しの罪をゴーティエ公爵家になすりつける。我ながらよくできたストーリーだと思っていた。

ディートリヒにしてみれば、民衆の反発は予想外だ。

彼の祖父、ランベール公爵の動きも芳しくない。

ルイーズ事件直後は、ランベール家の活発な裏工作のおかげで、ディートリヒは大半の貴族の支持を得たはずだった。

なのに、ランベール家の公子が、秘密裏に奴隷オークションを開催していたのが明るみになり、一気に情勢が変わったのである。

（お前たちも便利に奴隷を使っているくせに）

帝国は表向き奴隷を認めていないが、ディートリヒは黙認していた。奴隷は必要悪だと信じて疑わないからだ。

いずれにしろ、公子の事件をきっかけにランベール家は求心力を失った。

動いたのはアレクサンドか。あるいは北の要塞モラン公爵という話もある。

モラン公爵は長く中央の政治から離れている。前皇帝の代から中立を守っているはずが、最近ときどき帝都に顔を出しているという。

ディートリヒは、なにを考えているのかわからないモラン公爵の髭面《ひげづら》を思い浮かべ、眉間に皺を寄せた。

平民相手にさっさと鎮圧できない近衛兵にも不満はたまる一方で、そうこうするうちにアレクサンドが戦争を本当に終わらせてしまった。

まさかイデアル王国の強欲な王が、油田をあきらめるとは。戦争終結間近という報告を聞いてもディートリヒは、しょせんいつものような一時的な休戦だと高をくくっていたのだ。

アレクサンドが戦地から離れるのはまずい。

一日も早く会って、なんとか今度は侵略戦争でもしてもらわなければならないのだ。大義名分は考えてある。それなのに――。

「あの生意気な秘書め」

巻き毛の赤髪、大公家の秘書ピエールを思い出し、ディートリヒはきりきりと奥歯を噛みしめた。

『大公はただ今領地で疲れを癒やしております。今少しお休みをいただいてからご挨拶に伺うとのことです』

『兄上には申し訳ないが、相談したい事案が山ほどある。宮殿には腕利きの治療師も大勢いる。こちらに来てもらったほうが治りも早いと思うぞ』

ピエールは澄まして『どんな事案か、お伺いしてもよろしいでしょうか』と、生意気にも詰め寄ってきた。

『お前には言えない』

『ですが、代理人として任されておりますので』

最後まで食い下がってきた。

「どいつもこいつも」

忌々しさに書類を机に叩きつけ、席を立つ。

「陛下、どちらに行かれるのですか？」

「バカなのか？　黙ってついてくればいいだろ。なぜ聞く！」

無能呼ばわりされた近衛兵は「申し訳ありません」と、頭を下げる。

ディートリヒは、近衛兵の頭に軽蔑の目を落とす。

この男はつい最近も失敗したばかりだ。大公領でのドラゴン祭で爆発騒ぎを起こすはずが、爆発どころか早々にバレて失敗したという。烏城に忍び込むこともできず、尻尾を巻いて帰ってきた。

大公領で多くの犠牲者が出れば、アレクサンドの人気は地に落ちたはず。

領主のくせに警備を手薄にして、祭りを楽しんで遊び惚けていたアレクサンドの失策だなどと、適当な理由をつけて彼を追い込むつもりでいた。それなのに――。

ここへきてディートリヒの計画はすべてつまずいている。

「どいつもこいつも使えない奴ばかりだ」

吐き捨てて向かうのは皇后宮だ。

今となっては幸いだが、ルイーズの遺体は出てきていない。

ディートリヒはそれを利用しようと考えた。

不本意ながら、再調査の結果ルイーズもゴーティエ公爵も無実だったと宣言し、実は真犯人を捕まえるために保護していたと彼女の姿を見せれば、民衆は納得するはず。

（ゴーティエさえ、取引に応じれば丸く収まるんだ）

だが、公爵は一向に宮殿に来ようとしない。

やはり、疑っているのかと、忌々しげに舌打ちしつつ皇后宮に到着した。

出入り口を守っている多くの近衛兵がディートリヒに気づき、いっせいに敬礼し、道を開ける。

ディートリヒは踏ん反り返ってその真ん中を進み、別の兵が守る扉の前に立った。

「嫌だ！　話が違うじゃないか！　こんな部屋に閉じ込められてどこにも行けないなんて、あたしは聞いてないよ！」

中から漏れる声に、ディートリヒは顔をしかめた。

下品な言葉遣いに大声。こんな声を聞かれたら一発でルイーズではないとバレてしまう。

本物のルイーズは、たった一度たりとも声を荒らげたりはしなかった。

美しく上品で。ゴーティエ公爵の娘でなければあのまま側室くらいにはしたのにと、ディートリヒは在りし日の婚約者の姿を思い浮かべた。

（黙ってさえいれば、似ているんだが）

ため息をつき、扉を開ける。

「あ、陛下」

満面の笑みを浮かべた〝ルイーズ〟が、ドレスをつまんで走ってくる。

「やあルイーズ」

侍女にお茶の用意を申しつけ、ルイーズに微笑みかけた。

「陛下、寂しかったですよぉ」

猫なで声のこの女は、ルイーズにそっくりの顔をしている。

髪と瞳の色は魔道具を使って完璧に変えているが、中身はどうにもできない。

「侍女たちが、あれこれうるさいんですよぉ。陛下からキツく叱ってやってください」

「ああ、わかった。侍女を変えよう」

ルイーズはキャッキャと喜んで、ディートリヒの腕にしがみついた。

悪寒が走ったが、ディートリヒは顔には出さない。

これほど似ている女は二度と見つけられないし、この偽者にすべてがかかっている。

なんとしてもゴーティエ公爵に替え玉を娘だと納得させ、その代わりに名誉の回復を約束すればすべて終わると、自分自身に言い聞かせた。

（ほんの一年ほどの辛抱だ。この下品な替え玉は、事故に見せかけて始末すればいい）

とにかくそれまでは我慢するしかない。ディートリヒは微笑みを貼りつけ、偽者ルイーズに付き合い庭園を散歩してご機嫌を取った。

「歩き方をマスターしたら、君の好きなルビーのネックレスをプレゼントしよう」

「ほんとうに？」

偽ルイーズは瞳を輝かせ、やる気を見せる。

宝石を与え、ときおりワガママを聞くだけで、こうも変わるというのに。なぜそんな簡単なことができないのか。

侍女たちの無能ぶりにも腹が立ってきた。

皇后宮を出るなり、ディートリヒは侍女たちを怒鳴りつけた。

「いったいあれはなんだ！」

「申し訳ありません、陛下」

「どうして彼女を教育できない？　なぜあの下品さを直せない？　侍女長。お前がこれほど無能とはな。心底がっかりだ！」

後ろから追いかけてくる侍女長は謝るばかりだ。

「申し訳ございません」

床に這いつくばる侍女長の頭を踏んでやりたい気分だったが、すんでのところでこらえた。

自分自身で手を下す必要はないと、思いついたのだ。

（侍女長を監督するのは侍従長だ。後でしっかり罰を与えるよう指示しよう）

「立ってくれ、侍女長。大声を出してすまなかった」

「陛下……」

涙にまみれた顔を上げる侍女長の肩は震えている。

腰を落とし、侍女長の肩に手をあてる。

「君には期待している。なんとか上品な座り方だけでもマスターさせてくれ。頼むな」

「は、はい陛下。必ず」

やれやれとため息をつきながら執務室に入ると——。

「陛下、こちらを」

ほぼ同時に、侍従が慌てた様子で駆け込んできた。

「どうした。走るなんてみっともない」

「申し訳ありません。と、とにかく、これを」

差し出された号外を手に、ディートリヒは目を見開いた。

「なんだって……。聞いていない——。俺は聞いてないぞっ！」

号外を頬に叩きつけられ、「うっ」と苦悶《くもん》の表情を浮かべた侍従は、床に落ちた号外をそっと手に取る。彼は改めてタイトルを見ながら、なぜ他国の姫をと密かに思う。

【アレクサンド大公閣下、イデアル王国の公女、ルル・ド・リュミエール嬢と結婚！】

◆復讐という名の、契約結婚

イデアル王国の公女、ルル・ド・リュミエール。

新しくできたルルの身分だ。

（閣下の考えることはすごいわ）

偽装結婚の提案だけでも驚きだったが、まさかイデアル王国の公女に仕立て上げられるとは、夢にも思わなかった。

なぜこうなったのか？――聴けばリュミエール公は戦争中何度かアレクサンドと顔を合わせていて、今回戦争が終結したのも彼の活躍があったからだという。

偶然、リュミエール公の髪色が、ルルと同じ緑色だったのもある。

戦後処理に烏城を訪れていた彼に、結婚したい恋人に身分が欲しいとアレクサンドが相談し、リュミエール公は笑って快諾してくれたそうだ。

イデアル王国の公女が国境で魔獣に襲われ記憶をなくしていた。彼女はアレクサンドに助けられ、そのまま彼の専属侍女を務めることになり、ふたりの間に恋が芽生えた。戦争終結後、行方不明になった彼女の情報を求め、烏城を訪れたリュミエール公が本人と出くわし、偶然素性がわかった。という筋書きをつくったのである。

リュミエール公自身がそう宣言したのだから、誰も疑いようがない。

いずれにしろイデアル王国に本当にそういう公女がいるかどうかまで、帝国ではアレクサンドを除いて調べようがないのである。

この計画を聞かされたとき、ルルは唖然とするばかりだったが、ゴーティエ公爵はいきなり喜んだ。

『これ以上の安心はないぞ、ルル。大公夫人なら皇帝もおいそれとは手を出せない』

アレクサンドは『これは俺の復讐《ふくしゅう》なんだ』と言った。

だが、なぜルルとの結婚が復讐になるのかわからない。

正直に聞いてみると、結婚はあくまで復讐の入り口だという。

『本番はその先だが、考えてもみろ。ルイーズそっくりの他国の公女が目の前に現れる。しかも俺の妻だ。いつも澄ましているディートリヒの狼狽した顔を、見たくないか？』

ルルは思わず『見たいです』と答えた。正直ワクワクした。

そして、最終的にはディートリヒを皇帝の座から引きずり下ろすと彼は言いきった。

『俺の大切なゴーティエ公爵家。そしてディートリヒを信じていた父の敵を討つ。協力してくれないか？　ルル。俺の復讐に』

ゴーティエ公爵家と言われたときは、自分も含まれるのかとハッとしたが、師匠である公爵の敵だと言っているに違いない。

公爵家の不幸を、自分のことのように憤ってくれたのがうれしかった。

後でふたりきりになったとき、彼はこっそりと耳打ちした。

『嫌とは言わせないぞ？　お前は俺が大好きなんだもんな』

ルルは恥ずかしさにカッと熱くなって、ついアレクサンドを叩いてしまった。

そんな失礼をしても、彼は怒るどころか楽しそうに笑うばかり。

『お、意外と力強いパンチだな』

あのときの笑顔で、ルルは大公夫人になろうと決めたのである。

（閣下と一緒なら、安心して自分らしくいられるから）

たとえアレクサンドが復讐を遂げる間の、仮初めの妻でもいい。それでも十分幸せだと心から思った。


結婚式は領地にある小さな神殿でささやかに執り行われた。

ルルが実は公女であり、しかも大公夫人になると同時に公表され、城内は大騒ぎになった。

泣いて喜んでくれたネージュは、我に返ったように今度は混乱していた。

「ルル。いや、ルル様って言ったらいいの？　あ、大公夫人？　えー、どうしたらいいの！」

「今まで通りでいいですから」

「そんなのだめだよ！」

侍女仲間も、侍女長も我が事のように喜んでくれる姿を見ると、騙《だま》しているようで胸が疼いたが、それ以上にうれしかった。

ルイーズとして、一度は死んだに等しい人生だ。

これからは苦労も含めて、生きることを楽しみたいと思った。

知らせを聞いてカンタン夫人も駆けつけた。

「ルル、本当におめでとう」

「ありがとうございます。夫人のおかげです。勇気をくれなかったら、お城にも来れませんでした」

抱き合って泣いて。母の愛を思い出した。

そして迎えた結婚式の当日。

ルルの本当の父ゴーティエ公爵は魔法薬で髪色や瞳の色を変えて変装し、式を見届けたのである。

ふたりの結婚を泣いて喜んだのは言うまでもない。

「お父様、見届けてくれてありがとう」

アレクサンドがルルのために用意したドレスは、彼の母の形見だった。

そんな大切なドレスを『ぜひ、君に着てほしい』と言ってくれたのである。

帝国では見られない、キラキラ輝く不思議なレース。

バージンロードはリュミエール公と歩いたが、ゴーティエ公爵にはしっかりと見守ってもらえた。

地獄の日々を乗り越え、晴れの日を親子で迎える。

それがなによりもうれしい。

「マリィも空の上で喜んでいるよ。すべて閣下のおかげだ」

「そうね。本当にそうよ」

アレクサンドも新郎らしく白い衣装を着ていた。

なにより驚いたのは彼の黄金の髪である。

ルイーズの知るアレクサンドに戻っていた。

公爵邸に立ち寄ったときも、ルイーズのデビュタントの舞踏会も、彼は黄金の髪をしていたから。

皆も知っていたようだが、初めて目にする人も多かったらしい。アレクサンドの登場とともに会場は湧き上がった。

それはそうだろう。黄金の髪の彼は、皆がよく知る初代皇帝の肖像画にそっくりだったから。

誓いのキスを本当にしたのにには驚いたけれど、もっと驚いたのは、そのまま抱き上げられたことだ。

ルルのウエストに手をかけ、アレクサンドは高々と持ち上げた。

歓声があがり、花びらが舞い――。

こんなに幸せな花嫁はいないと思う。

そんな中、不思議なことが起きた。

式が終わり、いったん控室に戻って着替えると、突然ルルの髪と瞳の色が戻ったのだ。

慌ててアレクサンドを呼んだ。

「おお、戻ったか」

彼は動揺するわけでなく、「よかったよかった」と喜んだ。

「実はその……誓いのキスをしたとき、なにか不思議な感覚がしたんです」

照れくさそうにもじもじしながらルルがそう告げると、アレクサンドが「俺もだ」と言いだした。

「ルルから清々しい力が伝わってくるような感じがしたぞ」

「そうなんですか？　私は熱い……そう、みなぎる生命力のようなものを感じました」

緊張のあまりそう感じたのかと思ったが、アレクサンドも感じたとなると、気のせいとも言いきれない。ひとまず大神官に見てもらうことになった。

「なにを聞かれても正直に話していいからな」

「私が本当はルイーズだということもですか？」

アレクサンドは力強くうなずく。

大神官はあと数年で百歳に届くほど高齢だ。誰よりも帝国について知っているという。

「俺が最も信頼する神官だから、安心して話すといい」

ほどなくして現れた大神官は、入室するなり破顔した。

「おや、ルル様はルイーズ様でしたか」

隠すまでもなく言いあてられた。

「こうして見るとマリィ様によく似ていらっしゃる」

「母をご存じなのですね」

懐かしそうに目を細めた大神官は、マリィをよく知っているようで、マリィの死を悼んだ。

「やはり、力を受け継がれたのですね……」

「あの、私にも母と同じ力があるのですか？」

どれどれと近寄り、大神官は「お手をいいですかな」と、ルルの手を取った。

「これは浄化の力ですな」

「治癒力ではないのですか？」

ルルは思わずそう聞いた。

「実は――」

たしかに自分がルイーズだと認め、母には治癒力があったと話した。

「ああ、マリィ様……」

「ルイーズ様を身ごもられたとき、マリィ様に相談されましてな。子どもが娘だったときは、なんとか神聖力を受け継がないようにできないかと。力のせいであなたが不幸になることを避けたかったのでしょう」

そこまで言って、大神官はきょろきょろと周りを見回した。

壁際のチェストに目を留め「これこれ」と手に取ったのは、母の形見のカメオだ。

「受け継がないようにはできない代わりに、封印する力をこのカメオに授けたのですが、もうずいぶん弱くなっているな」

「それじゃ……」

「マリィ様からこのカメオを預かり、私が封印の力をこめたのですよ」

大きな謎が解けた。

それまで黙っていたアレクサンドは「なるほどな」と、うなずいた。

「いくらウサポンに助けられたとはいえ、魔獣の山で生き延びるのは、普通の人間では無理だ。不思議に思っていたんだ。彼女がかぶった魔獣の血も酸化しなかったし」

大神官はうんうんと同意する。

「邪悪な魔獣は浄化の力を嫌いますのでな。カメオの封印の力は、永遠ではありません。年々弱くなりますから、ルイーズ様の力が超えてきたのでしょう。魔獣は敏感ですからね」

ルルは戸惑うばかりだ。

まさか自分にも神聖力があるとは、夢にも思っていなかったから。

納得しきれない様子の彼女に、アレクサンドが「ルルはすでにその力を発揮したぞ」と微笑みかける。

「ドラゴン祭で悪霊だと指摘しただろう？　祭で悪霊は用意しない。ルルが感じたのは恐らく悪意の塊だ。あの荷台には爆薬が積んであった」

「えっ、爆薬？　それじゃ、あの黒い靄は」

荷台を包む黒い靄のようなものを、たしかにルルは見た。当然ほかの人の目にも見えているのかと思ったが違うのか。戸惑うルルの背中にアレクサンドが手を回す。

「俺にはなにも見えなかった。ルルのおかげで何百人という命が助かった。あらためて礼を言うよ」

治癒力でなければ意味がないと思っていたルルだったが、アレクサンドの優しい言葉に、救われた気がした。

そっと耳もとで「お前はグロワールの宝だ」とまで言われ、ルルは真っ赤に頬を染める。

大神官も「誠にその通り」とルルを褒め称えた。

「ところで大神官。なぜ今、ルルの髪と瞳の色が戻ったんだ？」

「ああ、それは閣下のせいでしょうな」

大神官はクスクス笑う。

「俺の？」

「閣下の強力なマナに触れて、ルイーズ様の力が完全に引き出されたのでしょう。要はキスが原因です」

ずばりと言われて、ルルの頬はますます赤くなる。

それからゴーティエ公爵も控室に呼び、大神官から聞いたばかりの、すべての事情を話した。

公爵はすっかり戻った娘の姿に感激の涙を流し、安心したようだ。彼は改めて自身の置かれている状況に立ち返り、再び公爵領の城へと戻っていった。


神殿から鳥城まで、急遽《きゅうきょ》行われたパレードは、それはもう大騒ぎで、領地中の花が飛び回ったようだった。

ルルの髪と瞳の色は指輪型の魔道具で戻したので、誰もルイーズだとは気づかない。

「グロワールに栄光を！」

誰とはなしに叫ばれた声が、うねりのように大合唱になって響き渡る。

あくまでイデアル王国の公女としての結婚だったが、皆に祝福され、ルルは幸せだった。

このまま時が止まってほしいと思うほどに。

そして、偽装結婚でも初夜は平等にくる――。

ルルが鏡を覗くと、自分自身の瞳と視線がかち合った。

緊張が顔に出ている。

ドキドキしているせいか、瞳が潤んで見えた。

気持ちを落ち着けようと大きく息を吸う。

ネージュや侍女たちに寄ってたかって磨き上げられた肌は艶々だ。

体からほんのりと香る香油の甘い匂い。

薄いピンク色をしたレースの寝間着はとっても素敵だけれど、体の線が見えるし、いかにも準備万端で待っているようで恥ずかしかった。

城内はまだ祝いの宴が続いていて、アレクサンドがいつ来るのかはわからない。

椅子から腰を上げ窓辺に立ち、城下を見下ろした。

(楽しそう)

街はドラゴン祭のときのような熱気が続いているようで、風に乗りどこからか音楽も聞こえてきた。

こんなに幸せでいいのかなと、思わなくもない。

自分は先の皇帝を毒殺したといわれる悪女ルイーズだ。

事実は違えど、一度貼られたレッテルは、そう簡単に剥《は》がせない。

この結婚はディートリヒを欺くための偽装にすぎず、アレクサンドが復讐を果たしたら解消される。

そのときには自分がルイーズだと公表することになり、自動的に他人に戻るのだ。

「気持ちいい風だな」

ハッとして振り返ると、いつの間に入ってきたのかアレクサンドがいた。

「ようやく宴会から抜け出せた。あいつら夜通し飲み続けるつもりだな」

やれやれとため息をつく彼も結構な量を飲んだのかもしれない。アレクサンドから、ワインの甘い香りがした。

「疲れただろ?」

ルルは正直に「はい」と答えた。

「だよな。俺も疲れた」

にっこりと微笑んだアレクサンドの赤い瞳は、温かさに満ちている。

「ん?」

「閣下の瞳はルビーのようですね」

赤い瞳の彼は恐れられていた。

ディートリヒがよく言っていたのだ。

『狂気を持った人間の瞳は赤いといわれている。恐ろしい兄だ。あんな目をした皇族は過去にいない』

ドラゴンの血を受け継いだ初代皇帝が、燃えるような赤い瞳だったというのは語り継がれた事実なのに、ディートリヒはその存在を無かったかのように吐き捨てた。

『赤い目は帝国を滅ぼすという古くからの言い伝えがあるんだ』

ルルはそんな言い伝えを聞いたことがないが、捏造《ねつぞう》してまでも、彼は兄を陥れたかったのだろう。

一方、アレクサンドは、戦争狂と言われても悪い噂を立てられても我関せず。それが周りには無愛想に映り、恐れられていた。

「赤い瞳は怖いだろう？」

「まさか。とっても綺麗ですよ？」

もしかしてディートリヒがアレクサンドに関する嘘を吹聴していたことで、彼は『怖い』と言われ続けていたのかと、ルルは察した。

慌てて「ちっとも怖くなんかないです」とつけ加えた。

アレクサンドはクスッと笑う。

「まったく。ルルは優しいな」

「でも閣下、どうして黒髪にしていたんですか？」

「これだと戦場で目立つだろ？　標的にされちゃうからな」

茶目っ気たっぷりに言った後、彼はディートリヒの目をかわすためもあると言った。

「最初は戦地にいるときだけ黒髪にしていたんだが、必要に応じてな。今じゃ俺も黒髪のほうが気に入っているし」

「なるほどそうなんですね」

それにしても、黒髪のときと黄金の髪の今とでは、彼は別人に見える。

ふと、我が身を鑑みた。

アレクサンドには、ふたりきりなのだから魔道具の指輪をはずして元のルイーズの姿に戻ったらどうかと言われたが、ルルは今の姿でいたくて、指輪をはずしていない。

本来のルイーズは月の女神と称されていた。

そのゆえんは、青みがかった銀髪と深いアメジストの瞳に、生気のない抜けるような白い肌のためだった。

彼と自分は太陽と月だと思う。

（人々を照らす太陽の彼と、暗い夜空が似合う私……か）

太陽と月は、決して交わらない。

背中合わせのふたりの進むべき道は、真逆の方向に延びているのだ。

ふと思い出した。アレクサンドはアメジストのような瞳が好きだという噂を、彼は否定しなかった。

「あの、もしかして復讐って」

私のためですか?と、ドキドキと胸を高鳴らせながらルルは心で続けた。

(アメジストの瞳の女性は、私なのですか?)

いや、そんなはずはない。彼は父親と、師匠ゴーティエ公爵の敵を取るのだ。

慌てて、あふれそうな気持ちに蓋をする。

「ん? 復讐?」

アレクサンドは首をかしげる。

「具体的にはなにをするのかなって思って」

もちろん、実はルイーズが生きていたとディートリヒを驚かせるだけではないだろう。

ディートリヒを失脚させる方法も、その後彼をどうするのかも、詳しくは聞いていない。

「ルルは? どうしてほしい?」

「え?」っと見上げると、彼はルルの腰を抱き寄せる。

「私は――」

どう答えていいか戸惑った。

ディートリヒが許せないという気持ちはあるが、復讐したいかと聞かれると、それも違う気がした。

「陛下には一日も早く皇帝の座から降りてほしいです」

自分のためだけじゃない。国民のためにも心からそう思う。

「それだけでいいのか？　君の名誉は俺が回復するが、心臓をえぐり出してやりたいとか、手足をもいでやりたいとか」

あげる例がどれも恐ろしくて、ルルはギョッとした。

「怖いですよ、閣下」

あははと笑ったアレクサンドは、ツンとルルの額を押した。

「こら、いつまで閣下と呼び続けるつもりだ？」

またしてもドキドキと胸が高鳴る。これでは心臓がもたないわと不安になるほどだ。

「なんて呼ぶかはわかっているだろ？」

「――アレックス？」

彼は「そうだ」と言いながら顔を近づけた。

今日二度目のキスは、とても甘い味がした。

「酒のにおいを消すためにブドウ味の飴を舐めながら来た」

耳もとで「お前とキスをするために」とささやく。

「愛してるよ、ルル。お前は今日から俺の妻だ」

＊＊＊

「聞きたくありませんが、寝不足ですか」

ピエールが憮然として、コーヒーカップを置く。

執務室のソファーの背もたれに体を預けて目を閉じていたアレクサンドは、チラリと片目を開けた。

「お前が淹れたのか？」

「そーですよ。〝専属侍女〟が〝専属夫人〟になっちゃいましたからね」

口を尖《とが》らせるピエールは、どうやらルルに恋心を抱いていたらしい。

「まったく。ここまで手が早いとはびーーっくりですよ」

笑いながら体を起こしカップを手に取る。

「残念だな。もたもたしているお前らが悪い」

ピエールだけじゃない。実は城内の多くの男どもがルルに言い寄っていたらしい。

ルルはすべて笑顔で断っていたようだが。

「結局、高嶺の花だったんだなぁ」

ピエール、マロ、そしてカンタンにはルルがルイーズだと話してある。

ゴーティエ公爵が確認し、母の遺品をきっかけに記憶を取り戻した経緯もすべて話して聞かせた。

だが、今はまだ秘密である。ルルはあくまでもイデアル王国の公女だ。

どちらにしろ、ピエールには高嶺の花に違いないが。

「明後日には帝都へ出発する。ぼやいてないで、準備は頼むぞ」

「はーい。わかりましたー」

ルルがルイーズだった。

アレクサンドはあふれる喜びのまま笑みを浮かべる。

（この喜びは誰とも分かち合えないだろうな）

ルイーズを助けたいという気持ちとルルを愛しているという想いがせめぎ合い、鬱々としていたのだから。

ルルが記憶を取り戻した瞬間、あの場にゴーティエ公爵がいなければ、アレクサンドが彼女に抱きついていただろう。

図らずも親子の抱擁を見守る形になってしまったが、あのときアレクサンドは、これで思いきり堂々とルルを愛せると、世界に向かって叫びたい気持ちだったのである。

ただピエールが驚くように、少々性急ではあった。

昨夜も、無理はしないつもりだったはずが――。

（いや、あれはルルが悪い）

あんなふうに潤んだ瞳で、『ちっとも怖くなんかないです』なんて言われたら、じゃあいいよな？となるに決まっている。

頬を染めた女のイヤは、言葉通りじゃないと言うが、昨夜のルルは――。

「ん？　なんだよ。顔になにかついているか？」

「にやけすぎです」

ピエールに睨まれて、コホンと空咳でごまかす。

「いいだろ。幸せに浸ったって」

「あー、もう。どうぞどうぞ、溺れるほど浸ってください。仕事さえしてくれれば、水死してもかまいませんから」

笑いながら、どうかしているよなと思う。

(俺は今、やっぱり叫びたいくらい幸せなんだ)

午前中はなんとか仕事をこなし、昼食はルルのもとへ行く。

ゆっくり休ませるよう侍女に伝えておいたから、もしかしたらまだ寝ているかもしれない。

まだ寝ている、かわいいルルの寝顔にキスをして。などと浮き立ち、手にした花束を見る。

今日も朝から続々と祝いの品が届いていて、この花束もそのうちのひとつ。淡いクリーム色からピンクに変わる花弁のルルのように可憐な薔薇だ。

「閣下、このたびはおめでとうございます」

「ありがとう」

今朝からずっとこの調子でアレクサンドとすれ違う誰かしらが祝辞を述べてくる。

こんなふうに使用人たちが声をかけてくるのは初めてだ。

だがそれも嫌ではない。

三階の寝室に行くと、部屋の入り口に護衛の騎士がいる。

「ルルは中か？」

「はい。まだ一歩も出られていません」

にんまりと頬を緩めたアレクサンドは、静かに扉を開けた。

掃除をしていたらしい侍女が振り向いて、人さし指を口もとにあてる。

見ればカウチソファーに寄りかかるようにして、ルルはすやすやと眠っていた。室内用のドレスに着替えているところを見ると、いったんは起きたのだろう。

「朝食は取ったのか？」

小声で聞くと侍女は「フルーツだけですが」と答えた。

「わかった。昼食の用意を頼む」

「はい」

侍女はそっと部屋を出ていき、アレクサンドはルルに近づいた。

薔薇の花束をテーブルの上に置き、ルルの傍らに立つ。

ほんの少し開いた唇が、無防備だ。

ドレスの隙間から首筋と胸もとに虫に刺されたような赤い痣《あざ》がある。

今後は少し場所を考えてあげようと思う。

（男どもを刺激してはよくないからな）

頬にかかる髪を直していると、ルルが目を覚ました。

まぶしそうに、アレクサンドを見上げる。

「——閣下？」

まだ名前で呼ぶのは慣れないのか。

夕べはさんざん『アレックス』と言ったはずなのに。

「昼食にしよう。それともまだ眠いか？」

眠いはずだ。気を失うように寝て、起きてはまた抱いてを、朝まで繰り返してしまった。

寝ずに戦地を駆け巡ったアレクサンドとは体力が違う。

細い体で、あふれる情熱を受け止めるのは、かなりきつかったはず。

「食事をしたら、また寝るといい」

「大丈夫。起きます」

よいしょ、と上半身を起こすルルの頬に手を伸ばす。

キスをしたい衝動に駆られるが、甘くかわいらしい唇を吸ったら最後、また押し倒したくなる自信がある。

　唇をあきらめ、頬にキスをして、花束を取った。

「さあ、どうぞ」

「まあ綺麗。こんな素敵な薔薇、初めてです」

　フフッとうれしそうに花束を抱えるルルを横から抱き寄せた。

「祝いの品が続々届いているぞ」

　振り向いたルルの表情が微かに曇る。

「なんだか申し訳ないです」

　うつむきがちに薔薇を見つめる彼女の微笑みは、今にも壊れてしまいそうに見えた。

（ルル？）

　ふと思い出した。

　公爵邸でハンカチを拾ったあの夜。

　晩餐の後、風にあたりたくなり庭園に出た。

　花を愛するマリィが手をかけたというだけあって、花の香りが漂う美しい庭を散策しながら奥に進むうち、月明かりが照らす噴水の前に彼女の姿が見えた。

　声をかけようとしたが、肩が震えているのに気づき、その場を離れたのである。

　なんとなく気になり、彼女が邸内に戻るのを見届けた。

ドレスのポケットから落ちたハンカチを手に取ったとき、濡れていると気づいた。やはり彼女は泣いていたのである。

それなのに、ハンカチを受け取る彼女は、明るい笑顔を向けた。

『ありがとうございます』

ちょうど今のルルのように、壊れそうな笑顔を。

「なぜだ……」

不安になり、頬を両手で包み込む。

「なぜ、申し訳ないと思うんだ？」

困ったように眉尻を下げたルルは「それは」と口ごもる。

「嘘をついていますから」

「違う。戦うための方便だ。それに俺たちの結婚は嘘じゃないぞ？」

ルルの瞳が揺れる。

「お前と俺は結婚したんだ。嘘も、悲しみも、喜びも。これからはお互いに共有する。大神官に誓っただろう？　お前は、ひとりじゃないんだぞ？」

我慢せずに泣いたらいい。いっそ、思いきり泣いてほしいと思う。

儚い笑顔よりはずっとましだ。

「ウサポンだっていましたし」

「え？　突然どうしてウサポンの話になるんだ？」

　ルルは今にも泣きそうな顔で笑う。

「アレックスが心配するからですよ。魔獣と仲良しになったりして、私はこう見えて実は強いんですから」

「素直じゃないな」

　なぜ泣かない？

　泣くどころか、ルルは明るい笑顔を向ける。

「今後〝大丈夫〟は禁止だ」

「そんな」

　ギロリと睨むと、横から咳払いが聞こえた。

「し、失礼いたします……」

　振り向くと、いつの間に入ってきたのか、料理をのせたワゴンを前にして、侍女とマロが所在なげに立っている。

「お食事の準備をしてよろしいでしょうか……」

「――ああ、頼む」

　顔を見合わせたルルが照れくさそうに頬を染めた。

（まったく、お前って奴は）

あきらめたようにため息をついたアレクサンドは、ルルの頬を軽くつまみにっこりと笑顔を返した。

焦りは禁物だと、自分に言い聞かせながら。

「さあ口を開けて、これも食べるんだ」

食事が始まると、アレクサンドはかいがいしくルルの世話を焼いた。

差し出された肉をパクリと口に入れて、ルルは困ったように眉尻を下げて微笑んだ。

(心配かけちゃったかしら)

自分でもウサポンの話は唐突だったと思う。

なぜだか急に、魔獣の山でウサポンと暮らしていた日々が懐かしくなった。凶悪そうな魔獣は恐かったけれど、ウサポンは全身ふわふわで温かいし、木の実や果実はおいしくて洞窟での暮らしも案外楽しかった。

ルイーズとしての人生は悲しい終末を迎え、夢も希望も涙とともに流れて消えた。

でも、ひとりぼっちになった彼女に似合うだけの幸せが、あの洞窟にはあったのだ。

幸せというのは、度が過ぎると不安になるのかもしれない――。

「なぁルル。そのうちピクニックでもするか」

「ええ、そうですね」

ニコニコと笑みを浮かべるアレクサンドに話を合わせるが、実感が湧いてこない。

「俺が料理をしよう」

自信たっぷりのアレクサンドに「え？　お料理、できるんですか？」と、ルルは驚いて思わず聞いた。彼が料理するなど想像できない。

「戦場では結構やったんだぞ。なぁ？　マロ」

アレクサンドに話を振られたマロが考えながら答える。

「ええ、まあ。塩振って肉を焼くとか」

素知らぬ顔でマロは続ける。

「炭に芋を放り込むとか。そんなところでしょうか」

これにはルルも控えていた侍女も噴き出した。

「失礼な奴だな。人一倍食べてたくせに」

アレクサンドに睨まれ、マロは首を回し明後日のほうを見る。

笑いすぎて涙があふれ、「ルル、笑いすぎだ」とアレクサンドに叱られて。彼に渡されたハンカチで涙を拭きながら、食べてみたいとルルは思った。

どんな形でもいい、たとえ妻ではなくなっても、アレクサンドのもとにいればいつか、彼が焼いてくれた肉を食べる機会があるかもしれない。

そう思うとまた、ひと筋の涙がこぼれた。

◆いざ、帝都へ

「あ、閣下が帰ってきたわ」

時刻は昼。

窓から馬車が入ってくるのが見えた。

「お出迎えしたいから、案内してくれる？」

「はい」

ここは帝都にある大公家のタウンハウス。夕べ到着し、使用人たちへの簡単な挨拶を済ませただけで、ルルとアレクサンドは床についたのだった。

昼食を一緒に取る約束をして、アレクサンドは朝から早速出かけ、ルルは彼が呼んだ仕立屋とドレスの採寸をしたりと、忙しく過ごしていた。

タウンハウスは広く、まだ間取りが掴めていない。ルルがいる衣裳部屋から玄関まではどう行けば近いのか案内が必要だった。

侍女の先導で緩やかにカーブする階段を下りていくと、ちょうどアレクサンドが入ってくるところだった。

どちらからともなく手を伸ばしハグをする。

「おかえりなさい。アレックス。モラン公爵はお元気でしたか？」

「ああ、相変わらずの壮健ぶりだ」

モラン公爵は、長らく中央の政治から遠ざかっていたが、北の守り神といわれる帝国にとって重要な人物だ。

アレクサンドの動きに合わせて、帝都に来ている。

今、帝国は大きな局面を迎えている。

鍵を握るのはディートリヒではなく、アレクサンドだ。

「舞踏会のドレスは間に合いそうか？」

「はい、なんとか。ほかにもドレスをいくつか注文してしまいました」

「いくつかじゃなくて、どんどん買ったらいい」

ルルは笑ってやり過ごした。

「ええ、わかりました」

彼の妻でいられる期間には限りがある。アレクサンドの大切な資産を無駄にはできない。今日もルルは仕立て屋に最近の流行を確認し、上質なものを慎重に選んだ。

一週間後、宮殿で建国を祝う舞踏会が開かれる。

そこでルルは、いよいよ大公夫人としてお披露目される。

アレクサンドの復讐が終わるまで、大公夫人として社交活動もしなければならない。

貴族ははっきりと外見を重んじる。いくらアレクサンドに力があっても、しょせんは野暮ったい田舎者と思われては失敗だ。

なんだかんだ言いつつ、ディートリヒを皇帝として認めているのは、彼の風貌が帝国の顔として恥ずかしくない威厳を備えているからである。

いかに品よく、圧倒的財力とセンスのよさを印象づけるかが、腕の見せどころだ。

ルルは大公夫人としての責任を重く心に刻むと同時に、精いっぱい楽しもうと思っている。

「アレックスの服も私に任せていただけますか？」

「もちろんだ。なにしろ俺にはさっぱりわからないからな」

今彼が身につけている衣装もルルが選んだ。

ジャケットは黒をベースとし、白と赤を利かせ、アクセントに髪と同じ金を使っている。

領地にいるうちから、帝都でもっとも人気のあるデザイナーに注文しておいたものだ。

サイズを送っておいただけで、彼にピッタリの服が仕上がっていてタウンハウスに届いていたのだから、さすが一流の仕事である。

もっとも、圧倒的美貌ゆえ、彼はなにを着ても似合うが。

「宝石も遠慮なく、ダイヤだろうがルビーだろうが、好きなだけ買えよ」

「ありがとうございます」

大公家は領地でも質素な暮らしをしてきたため、資産はふんだんにある。

結婚してすぐ、カンタンから大公家の財政状況を説明されたときは本当に驚いた。ゴーティエ公爵家も豊かだったが、桁が違う。

すごいのは、アレクサンドがひとりで築き上げたという事実だ。

魔獣のいる辺境の地に、初めて足を踏み入れたとき、彼はどんな心境だったのか。

百年という長い間、放置され荒れ果てていた烏城で——。

財産目録を目にしたあの日、ルルは彼のために泣いた。

そのときの涙を思い出し、喉の奥が苦しくなる。

「そうだルル」

階段を上る前に立ち止まったアレクサンドは、ポケットから小さな箱を取り出した。

「このアメジストには、予想以上に強い魔力がこめられているようだ。ブレスレットに作り変えておいた」

ドラゴン祭で買ってもらったネックレスを、アレクサンドが魔塔で調べてもらっていたのである。

「手を出して」

ルルが左手を差し出すと、アレクサンドは手首にブレスレットをつけた。

ほんの少し動くだけでキラキラと輝き、まるで星の砂のよう。

ルルの口から「うわっ」と感嘆の声が漏れる。

「輝きが、違うだろう？」

「はい。つけていないように軽いのも不思議です」

アメジストはそれなりに大きいのに重力を感じなかった。

赤に青、そして黄と色とりどりの小さな宝石を組み込んだ、なんとも美しいブレスレットである。

「輝きを倍増させる魔法も使われているらしい。追加した石にもそれぞれに力をこめたと言っていたぞ。羽根のように軽いとか、石自体の保護とかな」

「そんなにいろいろ……」

色彩豊かなので、どんなドレスにも合う。

おまけにさまざまな魔法がかけられていると聞き、ルルは驚きを隠せず目を丸くした。ルイーズ・ゴーティエとして皇太子妃候補だった頃にも、これほど貴重な宝石は身につけるどころか、目にしたこともなかった。

「魔塔の魔法使いのお祝いだそうだ」

アレクサンドは彼らに、魔法薬のもととなる魔獣の血や体液を格安で、時には無償で渡しているし、魔道具を高値で購入したりと、陰日向で支えている。

普段からの彼の支援があればこその素敵な贈り物で、宝石の透き通るような輝きに、お金では買えない純粋な真心を感じた。

「アレックスのおかげです。ありがとう」

階段を上りながら、アレクサンドが「男除けも入れてもらったぞ」と、ニヤリと笑う。

「え？　それはどういう」

ルルの不快感に反応して、ブレスレットから強い静電気が相手に飛ぶという。

「しかも、相手にはなにが起きたかわからない。どうだ、すごいだろ？」

「それじゃ——」

階段を上りきったところで、思いきりアレクサンドに抱きついてみた。

「ビリビリきましたか？」

「ん？　こいつめ」

当然ながらアレクサンドには不快感を感じないらしい。

あははと笑い合いながら部屋に入るうち、ふとアレクサンドとルルの視線が絡み合う。

静かに閉じる扉がふたりだけの空間をつくり、痺れるような空気に包まれた。

ルルの腰に回したアレクサンドの手に力が入り、ルルは熱に酔うように瞼を閉じる。

重なる唇から、アレクサンドの手から、あふれる愛情が、ともすると閉じてしまいそうなルルの心をノックする。

「ルル。お前は俺のたったひとりの妻だ」

もう何度言われたかわからない、穏やかで熱い愛の言葉が続く。

「愛しているよ、ルル」

お前は言ってくれないのかとせかされて、「私もです」とルルは答えた。

ルルはこの先一生、あなたほど愛せる人はいないと確信にも似た気持ちで、アレクサンドの頬に両手を添える。

「愛してますアレックス」

あなただけを、ずっと愛していますと想いをこめて、ルルはアレクサンドの唇をまた受け入れた。

いつまでもこうしていたいが時間はない。

何度目かのキスの後、アレクサンドはやっとの思いでルルを解放し、高揚している彼女の頬をなでた。

「ルル、俺が戻るまで、ゴーティエ公爵の相手を頼むな」

「はい。わかりました」

ゴーティエ公爵は午後三時に来る。

はやる気持ちを抑えながらルルが外を見ていると、一台の馬車が入ってきた。

（あ、来たわ！）

懐かしい、ルルがよく知る公爵家の紋章をつけた白い馬車だ。

昨夜、ゴーティエ公爵家から、万事うまくいったとの報告が届いた。

密かに大公領を出て自領の屋敷に帰ったゴーティエ公爵は、打ち合わせ通り、その後すぐ宮殿に行き、ディートリヒと会った。

公爵が宮殿にいるルイーズを本物であると認める代わりに、ディートリヒは没収した領地や財産すべてを返却するという取引が成立した。一週間後の、建国を祝う宮殿での舞踏会で、ディートリヒはルイーズ及びゴーティエ公爵の潔白を公表し、ルイーズを皇后に迎えると宣言するという。

ゴーティエ公爵は軟禁状態から脱却し、近衛兵による監視も解けた。

そう聞いても、ルルは自分の目で公爵の無事を確認するまでは心配だった。

ディートリヒは気まぐれでいつ決定を覆してもおかしくないし、ルルに心配かけまいと公爵が嘘をついたのかもしれない。

でも、彼は公爵家の馬車に乗り、ゴーティエ公爵として堂々と現れた。

人目を忍んでの登場なら会談がうまくいかなかったことになるが、会談は成功したのだ。

(よかった)

ホッとして、胸に手をあてたルルは、ゆっくり息を吐く。

帝都の使用人たちは皆、ルルがルイーズだと知らない。

あくまで大公夫人として客をもてなさなければならず。ルルは公爵のもとへと駆け出したい気持ちを静める。

「お客様がいらしたわ。客間にお通ししてね」

「はい、奥様」

アレクサンドはなにも言わないが、ルルと公爵の時間をつくるために、午後の予定を入れたに違いなかった。

『夕食までには帰ってくる。三人で一緒に食べような』

時間はたっぷりある。

ルルが客間に入ると、すでにゴーティエ公爵がいて、他人行儀な挨拶をした。

ふと、宮殿でもそうだった、と思い出す。皇太子妃候補のルイーズを前に、公爵はまるで臣下のような挨拶をしたのだった。

「さあどうぞ、おかけください」

お茶を出すと、前もって伝えてあった通り、使用人たちは客間を出る。

ふたりきりになってようやく、ルルは肩の力を抜いた。公爵も相好を崩す。

「お父様、ディートリヒには疑われずに済んだの？」

「大丈夫だ。最初はルイーズに会わせてもらってから考えるとつっぱねたんだが、好条件を並べてな。ルイーズは偽者だと先に白状したよ」

傲慢なディートリヒにしては珍しく、ルイーズにはかわいそうなことをした、申し訳なかったと、謝ったという。

「調査の結果、あの場で殺された侍従の単独犯だったと、取ってつけたような理由を言っていた。死人に口なしだからな」

「かわいそうに……」

侍従には弱みがあった。彼はあの事件で一緒に殺された側室の愛人だったのだ。

恐らくディートリヒに証拠を掴まれ、身動きが取れなかったのだろう。

「ディートリヒは自分も被害者だと泣いたんだ。保身のためとはいえ、涙まで流せるのかとあきれたよ」

目に浮かぶようで、ルルにも苦い笑みが浮かぶ。

「あの人は自分の言葉に酔えるから」

言いながら本気で被害者の気分にでもなったのだろう。彼の中では嘘が本当になるのだ。

ゆえに彼の本質を知らない人は、簡単に騙される。

ルイーズもまた、そうやって悪女に仕立て上げられたと思うと、嫌な気持ちが胸に湧いてくるが、ルルは振りきるように笑顔を浮かべ、身を乗り出した。

「お父様、さあ召し上がって」

テーブルの上にある皿を公爵の前に差し出す。

「シェフに焼いてもらった、お父様が好きなバターと塩がきいた甘くないクッキーよ」

「ありがとう」

公爵がクッキーに手を伸ばすと、ルルも一枚取った。

ほろほろと口の中で崩れるクッキーは、母マリィも好きだった。

公爵邸の中庭で、三人揃《そろ》ってお茶を楽しんだ懐かしいひとときを思い出す。

「ディートリヒが用意したルイーズは、顔だけ見ればお前に似ていた。だが表情も声も仕草も、なにもかもが違う。あれで通ると本気で思っているのか」

それにはルルも苦笑した。

「彼は自分が世界で一番頭がいいと信じているのよ」

「ははっ、おめでたいな」

公爵は笑うが、ディートリヒはたぶん本気だ。たとえ真っ黒でも、自分が言えば白で通ると確信しているに違いない。

権力が彼を誤解させているのだ。

「お父様、閣下の復讐が済んだら、またふたりで一緒に暮らしましょう？」

公爵は怪訝そうに首をかしげる。

「ふたりでって、ルル。お前は閣下と」

ルルは左右に頭を振った。

「それは無理よ。だって私は悪女〝ルイーズ〟だもの」

「なにを言ってるんだ、それは――」

ルルは公爵の言葉を遮った。

「閣下は帝国の太陽よ。皇帝になる方なのに、汚点をつくってはいけないわ」

自分だけならいくらでも耐えられる。

でも、大切な人が、自分のせいで後ろ指を指されるのは、なによりもつらい。

「一度ついてしまったレッテルはそう簡単に剥がせないわ。お父様だってわかっているでしょう？　あのとき……」

宮殿での舞踏会。バルコニーで男に襲われ、ルイーズはドレスの胸もとを引きちぎられた。

ディートリヒが勢いよくカーテンを開き、ルイーズは乱れた格好を衆目にさらされた。胸はあらわになっていないし、ディートリヒがカーテンを閉じるまでの、短い時間だったが。

ルイーズはあの瞬間〝傷モノ〟になったのだ。

社交界の目は厳しい。被害者であろうと、ドレスを破かれただけで、それ以上のことがなくても〝傷モノ〟とされる。

「おまけに私は、贅沢三昧の庶民の敵というレッテルまで貼られたわ。毒殺の犯人という汚名だけは免れたけれど、皇太子の元婚約者には変わりないから」

「ルル……」

公爵の瞳が滲む。

「お父様、大丈夫よ、私。今、とっても幸せなの」

うつむいて涙を流す公爵の肩に、ルルは手をかけて励ました。

「大公夫人として、一生分の幸せを満喫しているのよ。だから大丈夫。ルイーズに戻ったら、今度はお父様と幸せを掴むから」

込み上げてくる涙をのんで、ルルは精いっぱいの笑顔を公爵に向けた。

（今はまだ泣くときじゃない）

泣くのはルイーズに戻ったとき。

アレクサンドが無事、復讐を遂げるときまで、決して泣かないと自分に言い聞かせる。


赤い夕焼けが見え始めた頃、アレクサンドが屋敷に戻った。

「おかえりなさい」

「公爵は？」

「急に用事ができたらしくて、ついさっきお帰りになったの」

本当は用事ができたわけではなく、泣かずに顔を合わせる自信がないからと帰ったのである。

「舞踏会には一緒に行く約束をしたから、お話はそのときにって」

「そうか。お前はゆっくり話ができたのか？」

「はい」

隣に立ったアレクサンドは「それならよかった」と、にっこりと笑みを浮かべる。

そして左の肘を折ると、さっとルルの前に差し出す。

ルルは照れながらそっと手を伸ばして、アレクサンドの腕を取る。

寄り添って歩くふたりは、ときおりお互いを見つめては微笑み合う。

初々しくも、幸せにあふれている姿に、使用人たちの頬もほころび、大公家のタウンハウスは春のような暖かさに包まれた。

「食事の前に、散策しよう」

「はい」

このタウンハウスは広く美しい。もとはアレクサンドの祖父が別荘にしていたという建物だ。高くそびえ建つ烏城とは違い、コの字型をした三階建ての豪邸で、ひと部屋が広いうえに、ゆうに五十はある。

「先ほど東側の庭園を散策しました。見たことのない花がたくさんあって、とても美しくて感動しました」

「あの庭園は〝常春《とこはる》の庭〟というんだ。スリジエール公国の草木が多く植えてある」

スリジエール公国とはアレクサンドの母親の祖国だ。

常春の庭と聞き、ルルは母マリィの話を思い出した。

『皇后陛下はとても美しくてお優しい方だったのよ。いつも春のような庭園をお造りになってね、一年中花が咲いているの。幼い皇子も一緒に私たちはよくそこでお茶を楽しんだわ』

皇太子の婚約者として宮殿に行ったとき、常春の庭を探したがなかった。

聞けばディートリヒの母親が造り変えてしまったそうだ。

「以前宮殿にあった母上の庭園を模して造らせたんだ」

「そうでしたか」

アレクサンドは懐かしそうに目を細める。

「スリジエール公国は春のような国なのですね」

余計なことを思い出させてしまったかと、瞼を落として歩く廊下には、月明かりが差し込んでいる。

壁際の床には、光を発する魔法石が埋め込まれていて幻想的だ。

こうして歩いている今が、幻のような気がしてくる。

「ここだ」

アレクサンドが足を止めたのは、裏庭が見下ろせるバルコニーだった。

「あれは……」

月明かりを浴びて金色に光る不思議な木と、月を映す池があった。

この世のものとは思えぬ美しさに、驚きが口を突いて出る。

「なんて綺麗なの」

我を忘れて目が釘付けになる。

「あの木は？」

「精霊王が建国を祝して植樹したトネリコだといわれている」

（なんですって）

ルルが驚くのも当然である。

トネリコはどこでも見かけるが、輝くトネリコは見たことも聞いたこともないし、精霊王どころか、そもそも精霊の存在すら伝説の中だけのことだと思っていた。

だが、この不思議な木を目にすれば存在を信じざるをえない。

「精霊は本当に存在しているのですね」

アレクサンドは「俺は会ったことはない」とだけ答えた。

否定しないのだから、彼も精霊王の存在を肯定しているのだろう。

「この木の親となる木は宮殿の庭にあって、祖父が子どもの頃には、トネリコの周りにいる精霊を見かけたらしい」

ルルは「まあ」と目を丸くする。

なにもかも初めて耳にする話だ。光るトネリコも実在する精霊も。

「私が宮殿にいる間、一度も見る機会がありませんでした」

アレクサンドは苦笑する。

「宮殿の親木はディートリヒが傷をつけてしまったんだ、それがきっかけか、光を失ってな。この木は、俺が祖父にもらった苗木で、タウンハウスを建てたときに移植したんだ」

なるほどと思う。

今の宮殿は精霊ではなく、悪霊の棲み処になってしまったのかもしれない――。すべてディートリヒのせいで。

でもだからといって帝国の善が消えたわけじゃない。

その証拠にトネリコはこんなに輝いている。

「いつかここで見えるといいですね。精霊を」

精霊は大地、水、風、火と、それぞれ美しい色をまとって現れるという。

どれほど美しいか、ルルは想像するだけでうっとりと目を細めた。

「早く見てみたいです」

必ず見えるという確信が沸々と湧いてくる。

アレクサンドを振り返ると、彼は微笑んでルルの肩を抱いた。

「そうだな。ルルが見たいなら出てきてくれるさ。きっと」

◆復讐は蜜の味

宮殿から上がる花火の音に、ルルは顔を上げた。

今日は建国記念の日。

宮殿の舞踏会で、いよいよディートリヒと対面する。

ルルはアレクサンドを心配した。

ディートリヒにとって彼は、なによりも目障りな存在のはず。あの男の好きな毒殺を企んでいるのではないかと、嫌な予感が消えない。

だがルルが不安を訴えると、アレクサンドは笑った。

『毒では俺は殺せない』

生き延びるために、毒に耐性をつけてきたというのだ。

彼はそれよりも『お前が心配だ』とルルの頬をなでた。

『宮殿に行っても大丈夫なのか？　少しでも具合が悪くなったら言うんだぞ？』

どこまでも優しい人だと、ルルの胸は熱くなる。

「奥様、本当にお美しいです」

「ありがとう」

鏡の中の自分が、照れたように微笑む。

今日のドレスは薄紫。金糸と銀糸で薔薇の刺繍が施されている。

最高級品のレースには宝石でできたビーズが編み込まれていて、光があたるとキラキラと輝く。

豪華でありながら、胸もとのレースも、ウエストで絞られ裾にかけて広がったアンダースカートも白という、スッキリした仕上がりだ。

髪は耳がぎりぎり隠れるように後ろに流し、後頭部の下のほうでまとめる。これは皇太子の婚約者ルイーズであった頃に、よくしていた髪型である。

(瓜二つだわ。当然だけれど)

ルルはいくらか頬をこわばらせて鏡を見つめた。

ディートリヒはどんな顔をするだろう。

彼の冷酷な微笑を思い浮かべ、自ずとルルの背中に緊張が走る。

部屋を出て、一階に下りるとすでに出かける準備を終えたアレクサンドと、ゴーティエ公爵がいた。

ふたりともルルを見るなり相好を崩す。

「綺麗だよ。ルル」

ゴーティエ公爵も「ええ本当に」と、まぶしそうに目を細める。

アレクサンドかゴーティエ公爵、どちらかが、必ずルルのそばにいる。そのほかにもピエールとマロも前後を固めるという万全の態勢で挑む。

だから怖くはない。


「まぁ」

舞踏会の会場に足を踏み入れた途端、会場には沈黙が広がり、波が押し寄せたようにざわつき始めた。

そこかしこから〝閣下だわ〟〝ゴーティエ公爵と一緒？〟という言葉が聞こえる。

中には〝彼女、誰かに似ていない？〟という声も。

ルイーズだった頃、最後に舞踏会に出席したのは、事件の前の日だった。

つらつらとルイーズだった頃の記憶を思い出し、不安を振りきるようルルは視線を上げ、まったく変わっていない荘厳な大広間に視線を巡らせる。

周りを固められているおかげで、誰もルルには話しかけてこない。

アレクサンドやゴーティエ公爵が、ほかの出席者たちと話をしている間。ルルは、皇太子の婚約者だった頃を思い返した――。

ディートリヒとの晩餐は毎日恒例となっていた。

とはいえ形ばかりの夕食会にディートリヒが顔を見せるのは三日に一度程度。彼の不在を知らされるのは、いつもルイーズが席に着いてからだった。

事前にわかっていれば、私室に運んでもらって、気楽に夕食を楽しめたのにと思ったものだ。

(会うたびに地味だと言われたのよね)

皇族は皆の憧れなのだから、宝石をたくさんつけて煌びやかでなければいけないと言われ続けた。

『なぜ僕が贈ったドレスや宝石を身につけなかった?』

謁見の間で平民の代表の陳情を聴く行事の際、ルイーズは上質でありながらも落ち着いたドレスに最低限の宝石を身につけて臨んだ。

夕食の席でそのことを指摘され、ルイーズは正直に『飢える民の気持ちを思い、華美にならないように心がけました』と答えると、彼は冷ややかに微笑んだ。

『なるほど……。素晴らしい考えだ』

そして『用事を思い出した』と冷ややかに告げると、席を立って出ていったのである。

怪訝に思いながらも、ルイーズはそのまま食事を続けた。

褒めているわりには、あまりにも冷たい表情と声に不安になったが、彼女は自分が間違っているとは思わなかった。民の話を聴くときは、彼らが本音を語れるよう民の目線で、というのがゴーティエ公爵家の教えである。

侍女には止められたが、ディートリヒに贈られたドレスや宝石はそもそも舞踏会などで使うものだと思い込んでいたから、彼女たちの助言を押しきって自分の意志を貫いたのだ。

だが、部屋に戻るときに現れた専属侍女が全員、殴られたように頬を腫らしていた。

『ど、どうしたの？』

うつむき震える彼女たちは口を閉ざす。

嫌な予感がして『まさか殿下に――？』と聞いた。

『滅相もございません。わたくしの判断でございます』

前に出たのは侍女長だった。

『ルイーズ様にうまく皇室の常識をお伝えできなかったこの者たちのミス。次にこのような失敗がありましたら、無駄な耳を切り落とし路地裏にでも投げ捨てなければなりません』

そのとき、ようやく悟った。

ディートリヒの微笑みの裏に隠れた残虐性。目の奥の冷たさは気のせいではなかったのである。

それからは侍女を守るため、ルイーズは言いなりになり、ディートリヒの思惑通りの派手で金遣いが荒い悪女に仕立て上げられていったのだ。

――つらい思い出に胸が苦しくなる。

だが、ルルは顔をしっかりと上げて大きく息を吸い、気持ちを落ち着けた。

恐怖に負けてはいけない。

なにを言われても、鋭く見つめられても。今度こそ負けない。あの男に勝たなければと、自分に言い聞かせた。

音楽が止まった。

いよいよ皇帝ディートリヒの登場である。

緊張感からか、ルルの喉がゴクリと音を立てる。

ディートリヒはいつものように白い衣装で現れた。

昔からそうだ。

白という色が持つ潔白なイメージに自分の印象を重ねようとしている。

人々がざわつく。

その理由は、ディートリヒの後ろからついていく〝ルイーズ〟にある。

ルイーズの象徴、長い銀髪。瞳の色までは確認できないが、紫なのだろう。

我が身ゆえ客観的には比べられないが、あれでは、といくらか気の毒になった。

歩き方すらマスターできなかったらしい。あるいは緊張からなのか、背中は丸めているし、足の運びがぎこちない。見ている方がハラハラするほどだ。

それでもなんとか転ばずに席にたどり着いた彼女は、いきなり座ろうとし、ディートリヒが慌てて彼女に挨拶をさせた。当然その挨拶もがたがたである。

（やっぱり平民の女の子だったのね……。私に似ているだけでかわいそうに）

次にディートリヒが簡単な挨拶を始めた。

話の途中、アレクサンドに目を向けた彼は、隣に立つルルを見て一瞬固まった。

ディートリヒは視力がいい。

髪と瞳の色が違えど、ルルにルイーズを重ねたのだろう。

（あなたならすぐに気づくはずよね。そのためにこの髪形にしたんだもの）

相当動揺したのか言葉に詰まり、侍従に声をかけられ、慌てて挨拶の続きをした。

「ルルに気づいたな」

アレクサンドがクスッと笑う。

ダンスを促す音楽が始まる。

本来ならディートリヒとルイーズが最初に踊るはずだが、侍従がアレクサンドに声をかけてきた。

「閣下、代表して最初に踊っていただけますか」

偽者ルイーズはダンスをマスターしていないのだろう。

「わかった」

アレクサンドがルルを振り返る。

烏城で、タウンハウスで、何度となくふたりで踊った。

戦地で過ごしていた彼は社交ダンスを踊る機会がほとんどなかった。実践あるのみと、ルルが誘って踊ったのである。

とはいえ彼はソードマスターだけあって勘がいいうえに、教養として基本は身につけてはいたため、最初から上手だった。

なので、練習というより楽しむために踊った。

「さあ、踊ろうか」

「はい」

アレクサンドとのダンスは楽しい。

安心して体を預けられるから、伸び伸びと踊れる。

自分中心だったディートリヒとのダンスとは大違いだ。

「ルル。お前が一番綺麗だ」

「ありがとう。でもアレックス、あなたが一番素敵よ」

女性たちの視線は彼に釘付けだ。

「相変わらず口がうまいな」

「だって本当だもの」

手をつないだまま、体を離して、くるくると回ると、アレクサンドもふざけてルルを思いきり後ろに反らさせる。

周りから歓声が聞こえた。

「社交ダンスがこんなに楽しいとはな」

「ドラゴン祭のダンスも楽しかったわね」

「ああ。また踊ろうな」

ええ、と答えたルルだが、次はないかもと思った。

（それでもいいわ）

この一瞬を精いっぱい、好きな人と過ごせれば。それだけで――。

ルルには周りの目もなにも関係なかった。

ダンスが終わると、いっせいに拍手が沸き起こった。

ハッとして見回せば、皆が笑顔で見ている。

「いやー、素晴らしい」

すぐ近くにいたモラン公爵が満面に笑みを浮かべて寄ってきた。

髭をたくわえた彼は、ルルの祖父ともいえる年齢で、強面《こわもて》で知られている。こんなふうに明るい笑顔を向けるのは非常に珍しい。

周辺に立つ貴族たちも、驚いた表情で見ている。

「閣下の奥方がこんなにかわいらしい方とは」

「だろ？　帝国一の花嫁だ」

すかさず自慢げにルルの腰を抱くアレクサンドに、ルルは羞恥心で真っ赤になる。

人目を気にしないつもりでいたが、その反面あまり目立ちたくなかった。ディートリヒにさえ認識してもらえばそれでいいのだから。

あはは、とモラン公爵が豪快に笑う。

「いいですな、若者は」

そのままアレクサンドとモラン公爵が話を始めると、ピエールが、後ろからルルに耳打ちする、

「モラン公爵も、なにもかもご存じです」

挨拶をしなかったのはそのためかと納得する。

「陛下がガン見してますよ」

「えっ……」

ディートリヒが座っている玉座はルルの後ろにある。

言われてみればひしひしと背中に視線を感じた。

「そろそろ呼ばれますよ」

ピエールが言った通り侍従が来て、アレクサンドになにかを告げた。

いよいよかと、背中に緊張が走る。

「ルル、挨拶に行くぞ」

「はい」

振り返ったときから、ディートリヒはジッとルルの目を見つめたままだ。

玉座に肘をかけ、まるで喜んでいるかのように微笑みを浮かべているが、ルルにはわかる。

はらわたが煮えくり返るほど彼は苛立《いらだ》っているはず。

「ルル、大丈夫か？」

アレクサンドが心配そうに見下ろす。

「はい。ぜんぜん平気です」

笑顔で答えた通り、自分でも驚くほど冷静だった。

怖くはない。

（魔獣と比べたら、あなたなんかネズミと変わらないわ）

王冠をかぶり、ドラゴンになったつもりのヘビだ。

「よし、じゃあ一気にいくぞ」

「はい」と答えてから、はて？と疑問が湧く。

一気にいくとはどういう意味か。

今日の舞踏会は、あくまでもルルがルイーズであると含みを持たせるだけのはず。

「兄上、お久しぶりですね」

ディートリヒはにっこりと微笑みかける。

「ああ、父上の葬儀以来だな」

「戴冠式に出席していただけず、寂しかったですよ」

アレクサンドは「ははっ！」と、場違いなほどの大声で笑った。

異様な笑い声に驚いた皆の動きが止まり、会場が一瞬で静寂に包まれる。音楽もダンスも、雑談も中断した。

「出席するわけがないだろう？　俺はお前が皇帝になるなど認めちゃいないからな」

ディートリヒの顔が真っ赤になり、玉座の肘掛けを持つ手が震えているのがルルにもわかった。

ルルとて、この状況に驚いている。

（閣下？）

「お前の隣に座る女はなんだ。お前が陥れ、名誉を傷つけ、死に追いやったルイーズ嬢の身代わりか？」

「な、なにを――、こ、近衛兵！　こ、この無礼者を捕らえよ！」

ディートリヒを守るように近衛兵がぐるりと周りを固める。

ルルは勇気を出して一歩前に出た。

右手の小指にはめた魔道具の指輪をはずす。

その瞬間、髪と瞳の色が、もとの色に戻る。

「私が生きていて、驚きましたか？」

驚愕を隠しきれないディートリヒは、わなわなと震える。

隣の席にいた偽者ルイーズは、彼女なりの意地だったのか。立ち上がってルルを指差した。

「わ、私が本物のルイーズよ！　偽者はあんたのほうでしょ！」

失笑のざわめきが起こった。

あきらかに声も違うし、いくら動揺しても公爵令嬢が〝あんた〟などと人前で口走るはずがない。

「お前は黙っていろ！」

たまりかねてディートリヒが怒鳴りつけた。

偽者ルイーズは驚きのあまり転び、床に這いつくばる。

（かわいそうに……。あの子はあなたを助けようとしたんじゃない）

「私がルイーズなのに！」

大声をあげて床を叩き、彼女は泣き叫ぶ。

皇后になる夢を見たのだろう。

哀れな彼女を助けようともせず、ディートリヒは近衛兵に連れ出すよう命じた瞬間、アレクサンドがまた一歩前へ出た。

「その者もまたお前の被害者だ。捕らえられるのはお前だよ、ディートリヒ。――これを見ろ、ランベール公爵が毒の生成に関与した証拠だ」

アレクサンドが書類の束をマロから受け取り、高く掲げる。

ピエールが周りに紙を配り始めた。

「はいどうぞ」

ルルも手にしたその紙には、要点が列記してあった。

そして、【私がランベール公爵に脅され作りました。公爵に妻子を人質に取られたのです。】と、毒を作った男の名前と工房の住所に、本人のサインもある。

皆がいっせいにランベール公爵を振り返った。

「な、なにを」

ランベール公爵はぎょっとして、体を震わせる。

「証言した彼は家族とともに保護している。毒の成分を調べた結果もあるぞ。そのうちのふたつはランベール公爵の領地でしか採取されない植物だ」

「う、嘘だ！」

叫ぶランベール公爵は、アレクサンドの配下の者に取り押さえられた。

「そしてディートリヒよ。父上の遺言を伝えよう。父上は俺に皇帝になれと言い残した。戦争を終結させたあかつきには、勝利をもって玉座につけとな」

ディートリヒが鬼の形相で叫ぶ。

「血迷ったか！　早くあいつを黙らせろ！」

近衛兵は隊長を見つめ、戸惑ったように動けない。

隊長はなにを思うのか、まっすぐ前を見たまま動かなかった。

「私が証人です」

今度はモラン公爵が前へ出た。

手には紙が掲げられている。

前皇帝の直筆の遺言書。皇帝の印璽《いんじ》がはっきりと見えた。

「陛下から私がお預かりしていた遺言書である。大公閣下が戦地から戻ったときに渡す約束だった。ご一同、よくよくご覧あれ」

静まり返る会場に高らかな声が響く。

「近衛兵、あの反逆者を捕らえよ！」

言い放ったのは、ディートリヒではなく、アレクサンドだ。

「はっ！」

隊長が剣を振りかざし、近衛兵はいっせいにディートリヒを振り向いて、彼を捕らえた。

◆エピローグ

西の窓から見下ろした外には、中央に噴水があり、ぐるりと囲む花壇のほかは青々とした芝生と石畳《いしだたみ》が広がっている。

噴水の中央にある女神の像が長い影をつくっていた。

目の前に広がるのは帝国が誇る宮殿だ。

右を振り向けば皇帝の住まう本宮が、白い外壁を輝かせそびえ建っている。

いくつかの建物が囲むこの場所にいっさい高木がない理由は、隠れ場所をなくすためと聞く。

普段は宮殿を訪れる貴族の馬車が行き交うだけだが、去年の秋、皇帝の戴冠式のときには、庭園に多くの国民があふれ返ったそうだ。

ルイーズは宮殿の地下牢にいて見ていないが、今日ほどではなかっただろうと思う。

二百年の歴史を経てもなお白く輝く宮殿のバルコニーに皇帝アレクサンドが立ち、黄金の髪をまぶしく輝かせる。

そして隣には皇后となったルイーズがいた。

うねる歓声と熱気にあてられ、心臓が高鳴り目眩《めまい》がしそうだ。

「ルル、大丈夫か？」

アレクサンドがルイーズの腰に手を回す。

「大丈夫です」

誰からともなく「皇帝陛下ばんざーい」と合唱が始まった。

それから「皇后陛下ばんざーい」という声が続く。

人々が大きく振る手にルイーズも応える。

「喜んでもらえてよかったな」

「ええ」

建国記念の舞踏会で、ディートリヒは偽ルイーズとともに近衛兵に連れ出され、アレクサンドが玉座の前に立った。

復讐は成し遂げられたのだ。

ルイーズはその場から後ろに下がろうとしたが、アレクサンドに呼び止められた。

『ルイーズ、ここへ』

だが、隣に行くわけにはいかない。

首を振って背中を向けると、モラン公爵が声をあげた。

『ルイーズ嬢よ、あなたはディートリヒの策略によって大変な苦境に陥った。だが、そのすべてを乗り越えてここに立っていらっしゃる』

よく通る声が、大広間に響き渡った。

『そんなあなただからこそ、我々は帝国の母になっていただきたい』

モラン公爵は『そうではないか？　諸君』とぐるりと見回したのである。

拍手が沸き起こり、どの貴族にも笑顔が浮かんでいた。

泣いている令嬢もいて、ルイーズが親しかった女性たちは駆け寄り、彼女を取り囲むようにして、口々に励ましてくれたのだ。

『ルル、さあ、陛下のもとへ行って！』

『ルイーズ、大丈夫よルイーズ』

ずっと我慢し続けたのに、ついに涙があふれた。

『で、でも私は……』

それでも動けなかった。

この場の雰囲気に流されてはいけないと、自分に言い聞かせた。

だがアレクサンドが、ルイーズのもとに来て彼女を抱き上げたのである。

ルイーズを抱いたまま玉座の前に立ち、アレクサンドは宣言した。

『グロワールに栄光あれ！』

あの日から、夢を見ているような気がする。

甘い、甘い夢だ。

「なあルル、これが終わったら烏城を宮殿にするか？」

「え？　なにを言ってるんですか？　烏城はカンタン様に託すとおっしゃいましたよね？」

バルコニーで大衆を前にしてなにを言い出すのやらと、あきれていると、彼はため息をつく。

「だって、ここは嫌な思い出しかないだろう？」

ああ、なるほどとルイーズは笑った。

優しい彼はルイーズを心配しているのだ。この宮殿にはつらい思い出が多いから。

「私は平気ですよ」

ルイーズはアレクサンドの手を取る。

「あなたさえいてくれれば、たとえ地獄でも、私には天国ですから」

「地獄ってお前な」

はじけるように笑ったアレクサンドは、ルイーズの両頬を両手で包む。

「愛してる。俺もお前さえいてくれれば、なにもいらない」

口づけを交わすふたりを、さらなる歓声が包み込む。

重なる唇から愛があふれ、
甘い蜜の味がした。

＊ｆｉｎ＊

◆特別書き下ろし番外編　～赤いドラゴン～

三年後――。

帝都のはずれ、林を抜けると一気に視界が開けた。

草原の先には山がそびえ立ち、岩肌があらわになった崖が見える。奥には万年雪をかぶった山脈が雲に浮く。

山裾の森は青々と緑が生い茂り、春らしく青やピンクに黄色、さまざまな明るい色をした花が化粧を施している。

変わらない風景ではあるが、山間に向かうこの道は二年前に大規模な改修工事をして倍の広さになった。

あれから三年。

勇気ある商人しか通らなかった道も、今では旅人など、行き交う人々の影も見える。

目に見える明るい変化に、ルイーズは感慨深く目を細めた。

「美しい山ですね。とても魔獣がいるようには見えません」

侍女のメラニーが興味深そうに景色を眺める。

魔獣の山は、彼女が言う通りとても美しい。教えられなければ魔獣の巣窟だとは誰も思わないだろう。

「あの美しさが人を惑わす魔獣の魔力だなんて、魔獣も意地が悪いですね」

ため息をつくメラニーの言い草がおもしろくて、ルイーズは思わず笑った。

「ほんと、意地悪ね」

今でも魔獣の出没はあるが、明るい日中ならば襲われる心配はほぼない。

それでもときどき惑わされた旅人が山の中に入ってしまう。少しでも奥に入ってしまうと、多くの人間はまず生きては出られない。ごく一部の例外を除いて――。

ふとディートリヒを思い出す。

彼は外見の美しさに執着していた。豪華で上質な衣装をまとうことで、非道で卑しい内面を覆い隠す。まさに魔獣の山のような人だった。

そんなディートリヒは裁判にかけられ、ひとまず西の塔に幽閉が決まったが、向かう途中、山道で心臓発作を起こし亡くなった。

魔獣の遠吠《とおぼ》えに驚き悲鳴をあげたのが最期、ショックのあまり息絶えたという。

あっけない幕切れである。

ルイーズのように実際に魔獣に襲われそうになったわけでもないし、彼は大勢の護衛に守られて、粗末ではあっても馬車に乗せられての移動だったというのに。

ディートリヒは、皇帝在位期間中、宮殿から一歩も外に出なかった。彼は宮殿の中でしか安心できなかったのかもしれない。実はそれほど臆病な人間だったのだ。

ディートリヒの在位期間が短かったのも幸いし、立て直しは着々と進んでいる。

この三年。アレクサンドだけでなく、ルイーズも皇后として忙しい日々を駆け抜けた。

アレクサンドとふたりして睡眠不足を慰め合う日々を思い出し、口もとが綻ぶ。

（みんなは心配したけれど、少しもつらくなかったわ）

お互いにもっと休めと言い合って、笑い合って、楽しい毎日だった。

「それにしても皇帝陛下が、今回の旅をお許しになるとは思いませんでした」

メラニーのひと言に、困り果てた顔で睨むアレクサンドを思い出し、ルイーズは苦笑する。

「最後まで大きなため息をついていたわね」

今回ルイーズが元大公領に行く理由は、学校の創立記念行事に出席するためだ。

領地民は識字率が低い。子どもたちに勉強という機会を与えたいというルイーズの強い希望のもと、ついに完成した。一般庶民が通える、領地で初めての大きな学校である。

どうしてもこの目で見たかった。

あともうひとつ、大神官に会いたいと思っている。

烏城のみんなにも早く会いたい。

思いを巡らせるうち、通りの先にポツンと、一軒の建物が見えてきた。

山道に入る一歩手前にある、要塞に囲まれた堅固な宿だ。

そこで一泊し、明日には懐かしい元大公領に入る。遅くとも明日の夕方には烏城に着けるだろう。

馬車が速度を落とし、静かに止まった。

「どうしたのでしょう。動物でもいたのでしょうか」

草原にはシカの姿も見える。

万が一魔獣が現れたなら真っ先にシカは逃げ出すはず。荒々しい物音も先導する騎士が声をあげるでもなく、不安を感じる雰囲気はないが、自ずと手に力が入る。

すると大きな黒い馬が横に見え、馬上の騎士がひらりと飛び降りて――。

「あっ」

黒髪のアレクサンドが歩いてくる。

「アレックス？」

メラニーが慌てて馬車の扉を開けると、アレクサンドは馬車に乗った。

座席は横になれるほど広いが、メラニーは遠慮したのか微笑みながら自ら降りて外に出た。

「いったいどうしたの？」

「俺も烏城にちょっとばかり用事ができてな」

向かいの席に座ったアレクサンドは、にんまりと満足げに口角を上げる。いったいなんの用なのか、聞いても「ちょっとはちょっとだ」とごまかすばかりだ。

「宮殿はいつ出たんですか?」

「二日前」

馬で飛ばしてきたのだろう。ルイーズがかけた日数の半分でここまで来たことになる。

もっと急ぎたかったが、途中通過する貴族の邸に宿泊するなど足止めを食らったという。

「護衛は?」

「いるぞ。少数精鋭の五人」

(たった五人……)

皇帝の彼を護衛する直属の騎士は、五人全員ソードマスターという帝国で最も優秀な騎士である。とはいえあまりに無謀だ。

なのに、アレクサンドは自身の黒髪をかき上げ「この格好だから、俺だとは周囲に気づかれないしな」と得意げに顎を上げた。

皇帝になってからの彼は、地毛の黄金の髪でいる。黒髪で黒い騎士の服装をしていると、ぱっと見には皇帝アレクサンドには見えないかもしれないが、そういう問題ではない。現在帝国が平和なのもアレクサンドが健在であるからだ。

誰よりもなによりも大切な存在なのに。

大きくため息をつき、ルイーズはあきれて顔をしかめる。

聞くまでもなく、補佐官たちはきっとてんてこ舞いだろう。赤髪を沸騰させたように振り乱しているピエールが頭に浮かぶ。

「心配するな、ピエールとは魔道具で連絡を取り合っているし。束の間俺がいないだけでどうこうなるほど弱い国なら、なくなった方がいいさ」

「またそんな」

悠々と構え、不敵な笑みを見せる彼はどこまで本気なのか。

恐ろしいことにこれが結構本気なのだ。

アレクサンドはルイーズの隣に移動して彼女を抱えるように肩を抱き、手を握った。

「少なくとも帝都は平和だ。俺の部下を信用しろ。大丈夫だから」

皇帝である彼を注意できるのは、皇后である自分しかいないとルイーズは自覚している。

いっそ帰れと口やかましく言った方がいいかと悩んだが、にっこりと微笑むアレクサンドと目を合わせると、とてもそんな気にはなれなかった。

彼は口で言うほどいい加減な人ではない。万全の準備をしてきたはずだ。

誰よりも彼を理解するのも自分の務めだと思い返し、ルイーズは笑顔を返す。

「わかったわ。アレックス。烏城のみんなもきっと喜ぶわね」

「ああ、なにしろ三年ぶりだからな。ずっとできなかった俺たちの新婚旅行にしよう」

ルイーズはフフッと笑ってアレクサンドの肩に頭をのせる。

「そうね。私たちふたりとも、ずっと帝都にいたんだもの」

ついさっきまでの彼をとがめる気持ちはどこへやら、うれしさが込み上げる。

火照った頬を冷まそうとして、窓を少し開けた。

ヒュルルと鳥の鳴き声とともに、爽やかな風が草の匂いを運んでくる。

遠くに立派なツノを持ったシカが見え、その先に広がる丘には放牧されている牛も見える。

穏やかでのどかな、平和に満ちた風景だ。

「風が気持ちいいな。田舎の景色を見るのは久しぶりだ」

目を細めたアレクサンドは懐かしそうに外を眺めた。

「天気もよくて、旅日和ね」

ルイーズがアレクサンドを振り向いてにっこりと微笑むと、彼はうれしそうに頬を寄せた。

「アレックスは、いつまでに帰ればいいの？」

ルイーズは一週間ほど過ごして帰る予定だが、彼はゆっくりできないだろう。長くてせいぜい三日がいいところか。

（用事を済ませるのが忙しくて、あまり一緒にはいられないわよね）

がっかりした顔を見せたくなくて、ルイーズはうつむいたまま聞いた。

「急な知らせでもない限り、お前と一緒に帰るよ」

「えっ？」

ハッとして顔を上げたルイーズの唇に、アレクサンドが触れるようなキスをする。

「俺の用事は二日もあれば済む。ルルは？」

「私も学校創立の式典と大神官に会う以外は、なにも決めていないわ」

「じゃあ、ゆっくりできるな」

うれしさを隠せずにルイーズは満面の笑みを浮かべうなずいた。

「ねえアレックス、もしかして眠いんじゃない？」

彼の手に触れると、汗ばんでいて少し熱い。馬を走らせてきたせいもあるだろうが、いくらか目がとろんとして見える。

「少し寝てもいいか？」

微笑むアレクサンドは眠たそうに目をしばたたいた。

「ええ、もちろんよ。さあ、私の膝を使って」

ルイーズが横にずれると、アレクサンドは早速ルイーズの膝に頭をのせ、気絶するように眠ってしまった。

（かわいそうに……）

寝る間を惜しんではるばる来たのか、相当疲れているに違いなかった。

ルイーズはアレクサンドにブランケットをかぶせ、そっと彼の髪をなでる。

他国から使節団の訪問が続き、ここ最近は特に忙しく、ベッドをともにする日も少なかった。

侍女の話ではルイーズが寝た後に来る日もあるようだが、目覚めたときにはすでにいなかったり、すれ違いも多い。

鳥城にいる間だけでも、心ゆくまで休んでねと思いながら、困ったように眉尻を下げ、ルイーズは愛する夫の寝顔を見つめた。

暗くなる前に到着した宿では、突然の皇帝一家の来訪に主はじめ皆仰天した。

ごく普通の貴族として予約していたが、元衛兵だった宿の主は、アレクサンドが大公だった頃に、彼とともに戦地を駆け巡った男だ。黒髪のアレクサンドをよく知っている。

「なんと！　お、お久しぶりです大公……いや、陛下」

「元気そうだな」

「はい、おかげさまで。陛下もお元気そうでなによりです」

皇帝になっても気さくな彼に、主は感無量な様子で瞳に涙を滲ませる。

宿は貴族向けの部屋もあるが、帝都の豪華な宿のようにはいかない。

一番大きな部屋でも最低限度の調度品しかなく、ベッドのほかにテーブルセットがあるだけだ。アレクサンドの分の部屋は予約していなかったので、ふたりでひとつの部屋を使う。

宮殿では寝室どころか、本宮と皇后宮と居住空間すら分かれているふたりだが、ひとつの部屋を使うことに、ルイーズもアレクサンドも異論はなかった。

早速、温泉で汗を流し、部屋でふたりきりの食事を取る。

「お疲れさまでした」

「ああ、お疲れ」

皿に盛りつけられた肉と野菜の豪華な料理から、焼きたての香ばしい匂いが食欲を刺激する。

乾杯した赤ワインは思いのほかおいしくて、ふたりして感嘆のため息が出た。

「極上ですね」

「主が奮発したんだろう。後で礼を言わなきゃな」

ランプのやわらかい明かりの中で見るアレクサンドの笑顔は、それだけでルイーズの胸をときめかせた。

簡易な部屋着と黒髪のせいもあるが、ルイーズはアレクサンドが大公の頃に戻ったような錯覚を起こしそうになる。

(酔ったのかしら)

ルイーズはそっと火照る頬に手をあてた。

「久しぶりの旅で、お前も疲れただろ」

「そうね。でも楽しいわ」

「俺も久しぶりで楽しいよ」

まだ八時。今夜はこのまま仲よく……と、思いがけないひとときに胸をときめかせたルイーズだったが、束の間の幸せを楽しむと、アレクサンドは隣の部屋にいる部下のところへ行ってしまった。

　場所は変われど、彼には仕事がある。

　馬車の中でも気づけば書類を読んでいたし、なんだかんだと言いながら結局彼は真面目で、責任感の強い人なのだ。口で言うように仕事を投げ出したりしない。

　だからこそ彼が好きなのだが、心の隅に寂しさが巣くう。

　アレクサンドは万人に愛されている。彼が皇帝になったことを皆が祝福している。

　ルイーズとて嘘偽りなくうれしいと思っているが、ときどきふと、あのまま大公と隣国の公女ルルでいられたらどんな未来が待っていただろうと、考えてしまうのだ――。

　アレクサンドとふたり、領地の街に遊びに行って。居酒屋に立ち寄って、隣の席の人と乾杯して騒いで踊って。たまには農作業も手伝ってみたり。

　――ルイーズの想像の中で、別の未来がキラキラと輝く。

（私ったら、だめじゃない）

　ベッドに横になり、今だって十分に幸せだと自分自身に言い聞かせる。

　隣の部屋にいるアレクサンドを思いつつ瞼を閉じた。

　瞼の裏に浮かんだのは自分たちの結婚式。皇帝アレクサンドの手を取ったときに、ルイーズはどんな困難も乗り越えると誓った。

本来なら彼の隣にいる資格のない〝悪女ルイーズ〟だったはずが、皆に励まされ、彼の強く明るい愛に包まれて、ここまでこられたのだ。

（これ以上の幸せはないわ）

皇帝の道を選んだ彼をどこまでも支えていこうと、あらためて心に誓い、いつしかルイーズは深い眠りについていた。

＊＊＊

『ラソワの公女様をどうしたらいいんですか？』

テーブルの上に置いた映像通信用の丸い魔道具から浮かび上がるピエールは、ふて腐れたように唇を尖らせて大きなため息をつく。

「まあそうぼやくな。なにか問題でもあったのか？」

『〝どうして陛下がいないのですか！　私は陛下に会いに来たのですよ！〟と、たいそうご立腹で』

アレクサンドはもうたくさんだとばかりに、深いため息をつく。

「なんでそうなるんだ」

アレクサンドが宮殿を出た後、入れ代わるようにラソワ公国の使節団が到着した。

ラソワ公国はグロワール帝国の東南に位置する小国だ。

グロワール帝国とは長く友好関係にあり、これまでもときどき使節団を送ってきた。

弱い国ゆえ、帝国の援助を求めるのが目的である。

ディートリヒが皇帝の時期は、体よく追い返されたが、アレクサンドは話を聞いてくれるとあって、問題が起きるたびに相談に来るようになった。

今回の来訪の目的はラソワの良質な絹の売り込みと、見返りの食糧援助。と、ここまではいつも通りだ。

だが、今回に限り皇太子ではなく、まだ十八歳の公女を派遣してきた。

「それで、公女が来た目的はわかったか？　俺に会ってどうするんだ」

ピエールは『予想通りといえば予想通りですが』と、肩をすくめる。

どうやら事情はわかったらしい。

アレクサンドの指示で公国の宮殿には配下の者を忍ばせている。その者がうまく使節団の中に紛れ込んで情報を集めていた。

『どうも陛下の側室の座を狙っているようですね』

アレクサンドの眉間に皺が寄る。

『皇后がしばらく宮殿を開けると聞いて、勇んでやって来たみたいですね。媚薬《びやく》入りのワインまで用意して、やる気満々だったらしいですよ』

『媚薬？　十八の小娘がか？』

アレクサンドの片方の眉が上がる。

『ええ、小娘が。ラソワの国王に陛下の側室になりたいと自分から言いだしたらしく。陛下に逃げられてガッカリしているそうですよ』と、ピエールは笑う。

「まったく。どいつもこいつも」

ラソワの公女だけじゃない。ここに向かう途中に寄った貴族の家では、寝室に娘が入り込んできた。もちろん追い返したが。

去年あたりからか側室の座を狙う女や、娘を皇帝の側室にしようとする輩が湧いてきている。会議でも側室を持つべきだという議題もあがった。

そのたびに『側室を持つ気はない』と否定しているが効果は見られず、油断も隙もない。

『陛下の帰りを待つと言ってますが、どうしますか？』

「食糧援助が本当に必要なら、国民のために急いで帰れと言ってやれ」

『それもそうですね』

その後いくつかの懸案事項を片づけピエールとの通信を切ったときには、時刻はすでに日付を越えようとしていた。

ため息をつきつつ隣の部屋に戻ると、ルイーズは静かな寝息を立てている。

そっと隣にすべり込んだアレクサンドは、手を伸ばしルイーズの顔にかかる髪をよけた。

「ルル。俺にはお前だけだ」

愛する妻の額にキスをした彼は、しばらくそのまま彼女の寝顔を見つめた——。

皇帝になどならなければ、周りも側室側室とやかましく騒がなかっただろう。

定例会議でも側室の話題が上り、『陛下、帝国の未来のためですぞ』と、ひとりの重臣が真剣な目をして訴えた。

アレクサンドとてその意見が間違っているとは思っていない。現在皇位継承権のある者はいないのだ。彼の父親は、側室も多く子だくさんだったが、その多くが謎の死を遂げてしまった。ディートリヒ亡き今、アレクサンドにもしものことがあれば、混乱は必至だ。せっかく安定したはずの宮殿は争いの場となり、今はおとなしい隣国も牙をむくだろう。

一日も早く、ひとりでも多くの子孫をと彼らが願うのは当然である。

頭では理解しているが、心はどうしても受け入れられない。

——ピエールでさえ『皇后も聡明な方です。理解してくださるのではないですか?』と言った。

(俺が長生きすればいいんだろ?)

ルイーズとの間に子どもができなければ養子を迎えて優秀な跡取りに育てればいい、古いしきたりも時代に合わせて変えるべきではないかと、アレクサンドは思っている。

アレクサンドは『側室の話は絶対にルイーズの耳には入れるなよ』と、緘口令《かんこうれい》を出している。

愛する妻に、つまらぬ心配をかけたくなかった。

「それでいいよな？　ルル……」

ささやいてルイーズの頬をなでると、彼女はもぞもぞと寝返りを打ち、アレクサンドの胸の中にすっぽりと入ってきた。

腕を伸ばして彼女を抱え込み、そのぬくもりを満喫するようにアレクサンドは目を閉じる。

皆が納得できる後継者ができるまで、百年でも二百年でも意地で長生きしてやるさと、不敵な笑みを浮かべ、アレクサンドもまた眠りついた。

烏城に到着してすぐ、アレクサンドはカンタンの案内で城の地下へ向かった。

三年は長いようで短い。部屋の様子もだが、廊下のところどころにある調度品も以前と変わっておらず、懐かしさにアレクサンドの顔が綻ぶ。

「使っていいなかった奥のほうだろう？」

カンタンが「ええ」と答える。

つい先日、地下室を食料貯蔵庫に改装していたところ、新たな空間が発見されたというのだ。

アレクサンドがわざわざ烏城に来た目的のひとつである。

「陛下、烏城はいつどのように建立されたかご存じですか？」

「一般的には二百数十年前、グロワール帝国の建国より先に、初代皇帝が建立したといわれているが、三百年前には存在していたという記録がある。初代皇帝が建立したのは間違いないんだが」

グロワール帝国は十年前に建国二百年を迎えた。

初代皇帝の在位期間は百年ほどで、百五十歳近くで生前退位したと伝承されている。

仮に五十歳でグロワール帝国を建国したとして、それよりさらに百年前に鳥城を建てたのでは計算が合わない。単純計算でも初代皇帝は百五十年どころか二百五十年、あるいは三百年と生きたのか。あるいはほかの人物が鳥城を建てたのか。

初代皇帝も鳥城も謎に包まれている。

「そうですか。この城は不思議なことが多いですからね。城壁は風化するどころか、年々強固になっているような気がしますし、いったいどんな技術なのかと建築家も首をかしげるばかりです」

「宮殿に残る史料の中にも、鳥城についてのものはほとんどないし、構造や資材、魔力の有無に関する記録にいたってはまったくないからな。俺がここに入ったときも、ひと部屋ひと部屋確認するしかなかった」

百年近く無人のまま放っておかれていた鳥城をよみがえらせたのはアレクサンドだ。

この城に入ったときに地下も各部屋すべて確認したはずだが、見落としがあったのかもしれない。

地下には日の光は入らない。奥へと続く廊下の壁に、オレンジ色に発光する魔石が埋め込まれている。

カンタンはまっすぐ奥へ進み、突きあたりの部屋に入っていく。

「この奥です」と彼が指す方向には壁しかない。

壁に近寄ったアレクサンドは光る魔石を入れたランプを近づけて、隣り合う石の隙間を確認する。

「この壁が動くのか」

「ええ。荷物を運んでいた作業員が、石積みの壁にぶつかり偶然見つけました」

ちょうど胸ぐらいの高さにある壁石のひとつをカンタンが押すと、その隣の石積みがギギギと音を立てながら動き、引き戸のように横にずれ、中から光が漏れてくる。大人ひとりが通れるほどの入り口が現れた。

見ればカンタンが押した石には鎖がついていて、反対側からも開く仕組みになっていた。

「安全確認はしてありますが、中のものには手を触れておりません」

カンタンがそう説明して先に入り、アレクサンドが続く。

部屋の中から漏れていた光は、輝く魔石だった。幅十メートル、奥行き五メートルほどの一面石で囲われた部屋で、中央に置かれた細い台の上で魔石が青白い光を放っている。

「強いマナに包まれているな」

入った瞬間から、かつてアレクサンドが経験したことのない強いマナを感じた。圧倒されるほど崇高で強い力に思わず背筋が伸びる。

「危険ですか？」

カンタンは不安そうに振り返るが、アレクサンドは頭を振る。

「いや、善良な力だ。心配ない」

入って正面の壁には、縦一メートルはある絵がかけられていて、左側の壁にも同じくらいの大きさの絵があるのが見えた。

魔石の光だけではなにが描かれているかわからない。アレクサンドはまず正面の絵に近づいた。

「これは……」

ランプの明かりで浮かび上がる肖像画に、アレクサンドは目を見張る。

そして、確認するように「初代皇帝か？」とつぶやいた。

「私は一瞬、陛下かと思いました。驚くほど陛下に似ていらっしゃる」

カンタンがそう言うのも無理はない。アレクサンド自身、まるで自分の肖像画を見ているような錯覚を覚えた。

宮殿に残る初代皇帝の肖像画は、剣を高く掲げて横を向いている全身像だけである。それ以外に初代皇帝の姿がわかるものといえば、せいぜい宮殿に残る歴史書の挿絵しかない。

　これまでもアレクサンドは初代皇帝に似ていると言われていたが、比較対象はそれらの資料のみだった。

　だが、目の前の肖像画の初代皇帝は、上半身のみだが等身大で正面を向いている。アレクサンドが好んでいる黒い騎士の制服によく似た服装をして、剣を手にしていた。

　初代皇帝がこれほどアレクサンドに似ているとは、本人はもちろん誰も想像しなかっただろう。

　肖像画の下には金のプレートが貼ってある。直線的な見慣れぬ文字で、カンタンには読めなかったらしい。

「古代語でもないようで、なんと書かれているか私にはわかりませんでした」

　だが、アレクサンドは解読できた。

「〝気高きドラゴンの魂よ　この地を守り給え〟と書いてある」

　なぜ読めるのか自分でも不思議だが、言葉として普通に頭に入ってくる。

　カンタンは「そうでしたか！」と感激するように目を輝かせた。

「初代皇帝がドラゴンの化身だというのは、伝説ではなく本当なのかもしれませんね」

　肖像画をよくよく見つめると、黒いマントを羽織った皇帝が身につけている赤い鎧はドラゴンの鱗でできているようにも見えた。金で縁取られている額縁にも、ドラゴンが装飾されている。

（赤いドラゴンの血が俺の中に？）

そう思った瞬間。アレクサンドの中で眠っているなにかが覚醒するような感覚を覚えた。

体の中心から沸々と、熱いものが沸いてくる。

無意識に右手を開いて見つめると、燃えるように赤いマナがあふれて見えた。

（これはいったい……）

「陛下、こちらの肖像画なのですが」

振り向くと、左側の壁の絵を、カンタンが持つランプが照らしている。

その絵はふたりの人物が描かれているようだった。

「初代皇帝と初代皇后でしょうか」

近づいて絵を見上げたアレクサンドはハッとして大きく目を見開いた。

＊＊＊

鳥城でアレクサンドと朝食を取った後、ルイーズは神殿に向かった。

イデアル王国の公女ルルとしてアレクサンドと結婚式を挙げた思い出深い場所である。

入り口で馬車を降りると、到着を待っていたようで三人の神官が出迎える。一歩前に出たのは、中でもひときわ高齢の大神官だ。

「ようこそいらっしゃいました皇后陛下。お待ちしておりました」

長く白い髭をたくわえた大神官は目を細めて微笑む。

「大神官様、お久しぶりです。百歳になられたと聞きました、おめでとうございます」

「いやはや、もういい加減天に呼んでもらいたいものですな」

カッカッと爽快な声をあげて笑う大神官は、まだまだ元気そうだ。つい最近まで隣国を巡っていたという壮健ぶりである。

神殿の中に入る道すがら、ふたりは話をして歩いた。

「皇后陛下は神聖力がいっそう強くなりましたね」

「ありがとうございます。大神官に教えていただいた通り、毎朝鍛錬しておりました」

アレクサンドのように特殊な力を生まれつき自由に操れる者はごく稀《まれ》だ。ルイーズのように成人してから覚醒する場合は、訓練しない限り、せっかくの力を発揮できずに終わってしまう。それか、最悪の場合、体の中で力が暴発し命を落とすという。

結婚式の後、大神官はルイーズに神聖力を体に蓄える方法とその使い方を指南した。

窓を開け、外の空気を浴びながら、目を閉じ集中して内なる力を感じ取る。感覚を身につけるには数か月かかったが、今では呼吸をするように神聖力を操れるようになった。

客間に入ると、ルイーズを椅子に座るよう促した大神官は、「どれどれ見てみましょう」と、彼女の手を取った。

「やはり治癒力はそれほど強くはないようですが、皇后陛下の場合、浄化の力が圧倒的ですね。帝国の皇后にこれほどの神聖力があるとは、大変喜ばしいことです」

大神官はにっこりと笑みを浮かべるが、ルイーズは困ったように眉尻を下げた。

「実感がなくて」

治癒力なら見てわかる。傷や怪我が治るのだから。

だが浄化の場合は効果が目に見えないので、今ひとつ実感がわかないのである。

以前ドラゴン祭で爆薬を見つけたことはあるが、現在の宮殿内は悪しきものはないらしく、これといって浄化の力を発揮する場はない。

城下に出向けば、あるいはそういう機会もあるかもしれないが。

「実感ですか。うーん。帝国は今平和ですしね」

「ええ。そうですよね。私の出番がないほうがいいと思わなくては」

大神官はうんうんとうなずく。

「見えずとも、ご自身が病気になりにくくするという素晴らしい力でもあるのですがね。切り花も長持ちするでしょう？」

「はい。不思議なほど枯れないと侍女たちがよく驚いてはいるのですが……」

心の隅で、ルイーズは花が長持ちすれば、いくらかアレクサンドの慰めくらいにはなるかしらと思い、ふと悲しくなった。

もしかしたら、治癒力も強くなっているかもと期待してここに来たのである。

でもそれは見果てぬ夢だったのだ。

「それでは十分ではなさそうですね」と大神官に言われ、ルイーズはハッとした。

「あ……いえ、私は」

大神官の言う通りだ。なくて当然の浄化の力があり、たとえ弱くとも治癒力まであるというのに、いったいなにが不満なのか。

否定しようとするも、ルイーズの頬に涙が伝う。

「皇后陛下、なにか思い悩んでいらっしゃるようですね」

大神官はルイーズにハンカチを渡し、優しい声で語りかけた。

「よろしいんですよ、泣いて」

「ありがとう、ございます」

ルイーズは震える声で礼を言うのがやっとだった。

胸の奥でくすぶっていたなにかが、涙となって次々とあふれ出てくる。

「ここは私以外、誰もおりません。なにを聞いても明日には忘れてしまうような老いぼれですが、よろしければどうぞ、なんでもお話しになってください」

皇后になって三年。ルイーズはずっと気を張りつめていた。

人前で泣いた記憶はない。アレクサンドの前でも笑顔を心がけていた。心配をかけてはいけないと思っていたからだ。

「自分に自信がないんです」

ルイーズは、自分の気持ちを整理するように、ぽつぽつと話し始めた――。

きっかけは当時皇帝だったディートリヒの成婚の話だった。

彼は、ルイーズを排除し皇帝になってすぐ、北国の王女を正室に迎え、南国の王女を側室として迎えるという話を進めていたらしい。

失脚したことで話は消えたが、今年になってアレクサンドの側室として迎えてはどうかという話が出てきた。

北国の王女は美貌で知られており、南国の王女は愛嬌《あいきょう》がある聡明な女性で、皆に好かれているという。

側室を迎えるのは、国家間の関係を深める重要な戦略のひとつである。

そのほかにも帝国内の貴族たちから、自身の娘を側室にという話があるらしい。

アレクサンドは側室はいらないと言いきり、ルイーズの耳には入れるなと言っているという。

心配かけたくないと口止めをしているのはわかるが、ルイーズとて耳はある。どこからともなく噂を聞いていた。

だが、果たしてそれでいいのか。皇后として彼に側室を迎えるように勧めるべきなのか。

ルイーズはどんなに考えても、答えが出なかった。

「頭ではわかっているんです。でも……」

「なるほど」

「大神官様、私は心が狭いのです。ご立派な姫君が側室になるのは帝国のためでもあるし、ひとりでも多くのお世継ぎを――」

それ以上は言葉にできなかった。

「ああ、ああそうでしたか」

大神官は「悲しいのは当然ですよ」と言う。

「正直に話したらよろしいのでは？」

「ですが、それでは……」

自分のつまらない嫉妬でアレクサンドを困らせたくはない。それでなくても彼は忙しいのだから。

「私が思うに、陛下は喜ぶと思いますよ？」

クスッと笑う大神官の意外な発言に驚き、ルイーズは潤んだ瞳のまま顔を上げた。

なにを彼が喜ぶというのか。

「まあ、心配せずに。大丈夫大丈夫」

理由は言わないまま、ころころと大神官は笑うのだった。

ルイーズは烏城への帰り道、学校に立ち寄ることにした。

明日の記念式典で学長が細かく案内してくれる予定である。今日は敷地内には入らずとも、外から眺めるつもりで、目立たない馬車で来ていた。

学校は烏城の麓にあった林を切り開いて建てた。烏城の近くだと安全だからだ。

近づくにつれ、子どもたちのはしゃぐ声が聞こえてくる。

窓に顔を近づけたルイーズはハッとしたように瞳を輝かせた。前方に建物が見える。晴れ渡る青い空に映える真っ白な校舎だ。

（うわぁ、綺麗。輝いて見えるわ）

全体が見渡せる場所で馬車を止めてもらう。

コの字型の、遠目にもしっかりとした造りの学び舎である。門にはすでに警備員がいて、開放されている校庭の遊具で、子どもたちが遊んでいた。

なんと幸せな光景だろう。

胸を熱くしながら、ルイーズはそっと手を合わせ、ひとりでも多くの子どもたちが学べますようにと祈る。

子どもたちの楽しそうな様子をひとしきり眺め、静かに烏城に帰った。

時刻は午後の三時。

アレクサンドがいるようならお茶に誘おうと思いながら馬車を降りると、そこには当の本人がいた。

「おかえり」

彼は普段着のままリラックスした様子で、馬車を降りるルイーズに手を差し伸べる。

「お出迎えありがとう、アレックス」

するりと自然にルイーズの腰に腕を回したアレクサンドは、頬にキスをする。

「大神官とはゆっくり話ができたか？」

「はい。昼食に誘ってくださってご一緒したの。とってもお元気そうだったわ。明日の式典にも参加してくださるそうよ」

「それはよかった」

お茶に誘おうかと思ったが、『正直に話したらよろしいのでは？』という大神官の言葉を思い出し、言葉に詰まる。

ここにいる間に、話せる機会があれば。避けては通れない道なのだとわかっているが。

「学校には寄ったのか？」

「はい。馬車からですけれど、遊具で遊ぶ子どもたちが大勢いました。とても楽しそうでよかったです」

子どもたちの笑顔と笑い声は、心に沈む憂鬱な影を、洗い流してくれるようだった。

「学校建設のお礼の手紙がたくさん届いているぞ。後で見せてもらうといい」

「もしかしてまた陳情書ですか？」

うなずくアレクサンドもルイーズも、あははと声をあげて笑う。

「相変わらず褒め言葉ばかりで、陳情書の使い方は間違ってるけどな」

「なによりですね」

「来年は子どもが書いた陳情書がたくさん届きそうだ」

笑いながら城に入ると、アレクサンドがいつもとは違う方向にルイーズを誘った。

「このまま見てほしいものがあるんだ。地下からおもしろいものが見つかったんだよ」

「おもしろいもの？」

「ああ。驚くぞ」

手を引かれて向かう地下は暗いはず。

宮殿のあの地下牢生活を経験しているルイーズは、いっとき暗闇で恐怖に怯える悪夢にうなされた。今はもう悪夢を見ることはなくなったとはいえ、閉鎖された暗い空間は、相変わらず苦手だ。

記憶を失い侍女のルルとして働いていたときも、とにかく地下だけは怖くて近寄らなかった。

幸い地下に行く用事はなかったが、ここの地下も暗くて少し怖いと話に聞いている。

「学校が子どもたちに食事を提供するのを、親たちはずいぶん喜んでいるようだな」

「そうですか。よかった。学校の隅で畑も作るのでしょう？」

「ああ。芋や簡単に収穫できそうな野菜を育てるつもりだ。試験的に先行してやってみたそうだが、うまく育っているらしい」

　地下室で気分が悪くなったらどうしようと、不安で緊張したが、そんな心配は必要なかったようだ。アレクサンドとしっかりと手をつないで、話をしながら進むせいか、ルイーズはそれほど動揺せずに階段を下りられた。

　そして地下は、予想に反しそれほど暗くない。

「ここに入るのは初めてですけれど、ずいぶん明るいのですね」

　壁のランプのほか、足もとには光る魔法石がふんだんに置いてあり、ルイーズが知る宮殿の地下牢とは様子が違った。

「とても綺麗です」

　むしろ色とりどりの鮮やかな光に感動するほどだ。

「工事中危なくないよう魔法石を増やしたからな」

　アレクサンドはそう言うが、実は彼の指示でルイーズが不安にならないようにと光る石を増やしてある。

　光の道に誘われるようにして、とある部屋に入ると、その先に扉が見える。

　その隙間から青白い光がこぼれていた。

「さあ、入って」

「はい」

扉を開くと、部屋の中央で光を放つ魔石がルイーズの目に飛び込んでくる。

中に入るなり、ルイーズは大きな力を感じた。確かめる間もなく目にした肖像画に驚く。

「えっ？　これは」

正面の肖像画はどう見てもアレクサンドだが、それにしては絵の具の様子からして、あきらかに古そうだ。

それによく見れば、肖像画の男性はアレクサンドよりも髪が長く、後ろで縛っている。

食い入るように見つめるルイーズにアレクサンドが「こっちも見てごらん」と声をかける。

右を振り返った先に見えたのは――。

「どうして――」

（これは、昨夜見た夢？）

そこにあった絵には、夢の中のワンシーンとまったく同じ光景が描かれている。

幸せな夢だった。これ以上ないほどに。

しかしその一方で、強く願うあまり、ついに夢にまで見てしまったと悲しくなった。

夢の中で、輝くトネリコの下、ルイーズはアレクサンドに抱き寄せられて座っていた。

トネリコの枝には小さな精霊がたくさんいて、歌ったり踊ったり。

〝ねぇあなた。おなかの赤ちゃんが動いたわ〟

夢と同じなら、絵の中の銀髪の女性は自分で、黄金の髪の男性はアレクサンドだ。

「あぁ……」

意味もわからず、込み上げるまま嗚咽を漏らしルイーズは泣いた。

＊＊＊

アレクサンドは泣き崩れるルイーズを抱きしめた。
思い出した彼の遠い過去――。

彼は赤いドラゴンだった。

その世界には精霊や妖精にエルフもいて、人間はまだ国をつくらず、皆が自然に身を任せるように暮らしていた。

ある欲にまみれた人間が精霊や妖精の地を破壊し、それをきっかけに平和の均衡が崩れた。

精霊は怒り大地を揺るがし、妖精とエルフは争いを避けこの地を去り、人間はちりぢりになる。

魔獣の頂点に立つドラゴンの彼には、特に興味がなかった。

大雨が降ろうが大地が割れようがドラゴンの生活に支障はない。

時には人間に化け、我関せずと悠々自適に暮らしていた。

そんなある日、銀髪の少女と知り合ったのだ。

その娘はエルフと人間の間に生まれた子で、戦いの最中両親を亡くし、シクシクと泣いていた。

『ねえドラゴン。あなたは偉大なのでしょう？　お願いだから助けて』

最初のうちは無視していたが、少女はずっとついてくる。

『俺には関係ない』

『ううん。関係あるわ。だって私、ドラゴンにずっと憧れていたんだもの』

『知るか！　いい加減にしろ』

強く突き放したものの、そのときの少女の傷ついた顔がどうも心に引っかかり、物陰からそっと見守っていた。

よく見れば、少女は思ったよりも大人で、ひとりでなんでもした。

洞窟を住処にし、木の実を採り、小動物をかわいがり――。

（ああ、そういえばあのウサギは、後のウサポンかもしれないな……）

だがひとりで生きるには厳しすぎる世界で、彼女は日に日にやつれていった。

『かわいがるんじゃなくて食べたらどうだ』

たまりかねてそう言ったときにはすでに、大切な存在になっていた。

（ルル。お前はあのときから、ずっと俺の宝だ）

　彼女のために精霊をなだめ、人々のために国をつくってやった。

　代償としてドラゴンの血を分け与え、人として生きるしかなくなったが、それでもよかった。

　彼女さえいればよかった。か弱き存在が彼のすべてだったから。

　エルフより人の血が濃い彼女は、寿命をまっとうした。

『ねえ、あなた悲しまないで。私は必ず生まれ変わって、またあなたのもとに現れるから』

『安心しろ。俺が必ずお前を見つけ出す』

　そう約束して彼女を見送り、国が安定するのを見届けた後、彼はあてのない旅に出た。

　やがて彼も寿命をまっとうし、そしてアレクサンド・ド・グロワールとして再びこの世に生を受けたのである――。


　今宮殿にある光を失ったトネリコがこの絵のトネリコで、彼女に子どもができて、精霊が祝福してくれたときの一シーンを絵にしたものだ。

　アレクサンドは、お前がいなくなってからの百年は長かったぞ、と心で語りかける。

　果たしてルイーズが過去を思い出すかはわからないが、いつか話してみようと、アレクサンドは思う。

　あのときからずっと、俺たちはつながっているのだと。

「なぁルル。俺とお前は、一緒になる運命だったんだな」

運命なんて言葉は、決められたレールを無理やり進まされているようで好きじゃない。だが、ほかの言葉は見つからなかった。

自分で決めた運命なら、喜んで突き進むだけだ。

「よかった。今こうしてお前がいて」

ルイーズは、涙をいっぱいためてこくこくとうなずいた。

「ルル、大丈夫か?」

彼女の涙は止まらない。

あまりに泣くものだからアレクサンドも心配になったらしい。子どもをあやすように、抱き寄せたルイーズの背中を、ポンポンと叩く。

「ごめん、なさい」

「別にあやまらなくていいさ。気にせず泣いたらいい」

＊＊＊

護衛の騎士は廊下にいる。アレクサンドしかいないと思うと、また涙があふれた。

大神官の前で泣き、またここで泣き。今までずっと我慢していた分、タガがはずれたように涙が込み上げてくる。

「うれしくて……」

ようやくそれだけ言った。

「ん？」

前世の記憶はないし、昨夜夢に見ただけだけれど、自分とアレクサンドは遠い過去から深い絆《きずな》でつながっているに違いない。絵画には、そう思わせてくれるだけの説得力があった。

それがどれほどうれしいか。

「あのね、アレックス」

アレクサンドの胸の中で、ルイーズは続ける。

「私、ずっと不安だったの」

正直な思いを、今ならば言える。

「皇后が私でいいのかしらって。自信もないし、あなたが側室を迎えたら、私、嫌だなって。でも――」

「ん？」

ルイーズを体から離したアレクサンドは「やきもちか？」と嬉々として目を輝かせる。

「あ、ち、違うの。それじゃいけないって」

もう嫉妬なんてしないから、側室を迎えてほしいと言おうとしたのに、いきなり唇を重ねてきたアレクサンドに、ルイーズは目を丸くする。

「ちょ、ちょっと待って」

「そうか、そうか。やきもちをやいたのか」

もしかして、大神官が言った『陛下は喜ぶと思いますよ?』とはこの状況をいうのか?

アレクサンドは満面の笑みで、頬を染めたルイーズを覗き込む。

「あのね、アレックス。だからもう」

「俺もな、お前の浮気は死んでも許さない」

仰天して「私は浮気なんてしないわ」と訴えた。

「心配ないぞ。俺も浮気はしない。一生側室なんて迎えないからな」

側室と浮気は違うと言いたいが、ルイーズの心には本当に違うのかと疑問も湧いてきて、

「えっと……」と先が続かない。

もし逆の立場なら。政治的理由で愛人をつくれと言われたら、浮気されるのと同じくらいつらいだろう。

「子どもだって、できなきゃできなくていいさ。俺はほら、耐性をつけるために毒も結構飲んだしな。それが原因でできないかもしれないだろ」

澄まして言うが、簡単な話じゃないはず。

「でもグロワールの血は――」

絶やせない。この三年、ルイーズは懐妊しなかったが、ほかの女性なら彼の子を授かるかもしれないのだ。

「それにな、俺はたとえ実子ができても、皇帝になれる資質がなければ皇太子にしないつもりだ。たとえ俺たちの子でもな」

「ええっ？」

そんな答えがあるとは。想像すらできなかったルイーズは唖然とする。

だが、アレクサンドはきっぱりと言いきった。やわらかい笑みを浮かべているが、冗談を言っている様子はない。

「必要とあらば、養子を迎えるつもりだ」

ルイーズは「本気、ですか？」と聞いた。

「もちろん本気さ。血になんの意味がある。ディートリヒは俺の弟だぞ？」

小さく「あっ」と声をあげたまま、ルイーズは言葉に詰まる。

ディートリヒとアレクサンドは、母親が違えど、兄弟だ。

とはいえ、あのままディートリヒが皇帝を続けていたら、帝国はどうなっていたか。

ディートリヒは、帝都に予定されていた平民用の学校建設を中止し、田舎は自然のままがいいと言い張って、帝都の外の道路整備も中断させた。

その代わりに建設しようとしていたのは、自分のための豪華な離宮や、貴族のための派手なカジノである。

先の皇帝が禁止した、十歳以下の子どもたちが鉱山で働く許可も出している。小さな子どもは細い坑道を通れるために悪徳業者に利用され、拾われた孤児がまるで物のように使い捨てになっていた。

どの政策をとっても、涙する帝国民の姿が浮かぶ悪政ばかり。

それでもディートリヒもまた、グロワールの血筋を受け継いでいた。

アレクサンドの言う通り、血統がすべてではないかもしれない。いい資質だけが受け継がれていくわけじゃないのだから。

(でも、生まれてくる子にその〝いい資質〟があるかもしれない。本当にそれでいいの？　偉大なドラゴンの血が絶えてしまっても……)

気持ちが揺れるルイーズの頬をアレクサンドが両手で包み込んだ。

「血じゃないんじゃないか？　グロワールの精神こそが大事だろう？」

「アレックス……」

そうかもしれない、ある意味、彼は間違っていない――今は素直に彼の言葉を受け入れようとルイーズは思う。

重ねた唇から伝わる温かい愛が、ルイーズの心に満ちた。

次の日は、ふたり揃って学校の創立記念祝典に参加した。

久しぶりのアレクサンドの登場とあって、領地の人々はおおいに歓喜した。弾けるばかりに歓声をあげ、我らの城主が皇帝になったと誇らしげだ。

祝辞を頼まれていたルイーズだが、アレクサンドの参加により遠慮するつもりでいた。

だが、ぜひにと、学長や理事に押しきられ、アレクサンドにも勧められて挨拶をした。

「ここで学ぶ皆さんの夢を伺いました。科学者や教師を目指す方もいれば、誰よりもおいしい作物を作れるようになりたい人。剣の達人になると宣言する女性もいました」

会場から笑いが起こる。

「私は楽しみでなりません」

心から楽しみだと思うと胸が熱くなり、声が震えそうになる。

それでもルイーズはこれだけは言いたいというひと言に、精いっぱい思いをこめた。

「皆さんの明日が、栄光に輝きますように」

割れんばかりの拍手が沸き起こる。

お祝いの花火が上がり、街はお祭りムードに包まれる。

夜はアレクサンドに誘われ、ふたりは変装して街に出た。

思えば、大公と侍女ルルとしてドラゴン祭で遊んだ、あの日以来だ。

懐かしいトムの母親の居酒屋で飲み、ダンスを踊り、ルイーズは久しぶりに心から笑った気がした。

疲れるほど笑って遊んで。馬車に揺られて、鳥城に戻る道すがら、アレクサンドが言った。

「なぁルル。いつも思うんだが、宮殿の本宮と皇后宮は離れすぎていないか？」

アレクサンドがいる本宮と、ルイーズがいる皇后宮は別棟で、長い通路でつながっている。

見た目にはそう遠くはないが、階段もあり、歩くには結構な時間がかかる。

ルルが本宮に行くときには、予定時間の十分前に部屋を出る。いくらか早めに到着するとはいえ、同じ屋敷に住んでいるとは思えない距離だ。

「宮殿ですからね」

それればかりはしかたがないと、ルイーズは眉尻を下げた。

宮殿に戻れば、また距離ができてしまう。寂しさに襲われ、アレクサンドの肩に頭をのせた。

アレクサンドがルイーズの手を取り、指を絡める。

どちらからともなく力が入り、アレクサンドがそのままルイーズの手にキスをした。

「侍従長に聞いたんだが、二代目の皇帝までは皇帝も皇后も本宮にいたらしいぞ」

「そうなんですか？」

皇后宮を分けた理由は、側室を迎えるようになってからだという。

お互いに干渉せず、割りきった関係を続けるには、物理的にも距離をおく必要があったのかもしれない。

「そこでだ」

アレクサンドはにんまりと口角を上げる。

「俺の寝室はお前の寝室にしようかと思う」

「ええ？　それはどういう」

「ふたりの寝室にするのさ。ベッドの広さは十分だし、なにも問題ないだろう？」

アレクサンドは澄まして続ける。

「ルルの執務室は俺の執務室の隣に移動。衣裳部屋もなにもかもこれからは本宮に引っ越せばいい。そのほうが使用人たちも楽だろう？」

ルイーズは思わず笑った。

「そうですね。侍女たちも楽になりますね」

「ああ、そうだ。お互いに会いに行く時間も短縮できて、いいことずくめだな」

クスクス笑い合い、ふたりは唇を重ね合った。

ルイーズの懐妊の知らせが宮殿を駆け巡ったのは、それからひと月後。穏やかな風が吹く、よく晴れた、初夏の昼下がりだった。


そして、さらに二年後――。

宮殿のトネリコが光を取り戻し、アレクサンドとルイーズ。そして、ふたりによく似た男の子と女の子が午後のひとときを楽しんでいた。

男の子はリュカ、女の子はミラと名づけられ、ふたりともアレクサンドと同じ黄金の髪で、瞳はルイーズと同じ紫色をしている。

「よし、がんばれ」

少し離れたところでアレクサンドは手を差し出している。

ミラを膝にのせたルイーズも「リュカ、がんばって」と声をかけた。

アレクサンドを見つめるリュカが、一生懸命に足を踏ん張り一歩を踏み出す。

「パッパ」

「そうだ。パパのところにおいで」

一歩一歩近づいたリュカは雪崩れ込むように、父親の腕の中に包まれた。

「えらいぞ、リュカ」

アレクサンドに高く抱き上げられキャッキャと笑うリュカを見て、ミラも腕をバタバタさせて喜んでいる。

ルイーズも穏やかな笑みを浮かべて、その様子を見ていた。

ふと、ミラが上を向き「チョーチョ」と言った。

見上げると、綿のようにふわふわと光が落ちてくる。

その先には羽根をつけた小さな人が見えた気がした。

リュカを抱いたアレクサンドも気づいたようで、小さな人が見えたほうを向き「おお、久しぶりだな」と声をかけて笑った。

降り注ぐ光の泡が、ルイーズとミラ。そしてアレクサンドとリュカの四人を包む。

少し離れたところで彼らを見守っていた侍女たちが「わぁ」と、思わず声をあげた。

「すごいわ！　あれはなに？　陛下たちが光に包まれているわ」

護衛騎士のマロも興奮を隠せず「陛下が輝いている」と目を丸くする。

「アレックス、これはもしかして？」

ルイーズがアレクサンドを振り返ると、彼はルイーズの隣に腰を下ろした。

「ああ、精霊だよ。祝福してくれているんだ」

ルイーズの肩を抱いたアレクサンドが「だから言っただろう？」と微笑む。

「もうすぐ奴らが来るって」

二年前、久しぶりに烏城を訪れたとき、アレクサンドが言っていた。

『ルル。お前が心から幸せだと思えたとき。地下の絵にあるように、トネリコが光を取り戻し、精霊が祝福してくれるだろう』

『私が関係するの？』

『ああ、精霊はお前が好きなんだ。いつかわかる。そう遠くない未来にな』

なぜ精霊が自分を好きなのかと聞くと、アレクサンドは不思議な話をしてくれた――。

前世、ルイーズにはエルフの血が流れていた。エルフは精霊と仲がよく、前世のルイーズをかわいがっていたという。

ルイーズに前世の記憶はないが、二年前にアレクサンドは地下の肖像画を見てすべてを思い出したとだけ教えてくれたのだ。

彼は初代皇帝だった。

そしてルイーズは初代皇帝の皇后で唯一の妻だったのだと。

ルイーズには前世の記憶はないし、ときおりそれらしい夢を見るだけだ。自分にそっくりの肖像画を見たとはいえ半信半疑でいた。

それから一年が経ち、子どもたちが生まれて宮殿のトネリコが光を取り戻した。

でもそれだけでは精霊の祝福ではないと、彼は言っていた。そのときがくればわかるさ、と笑うだけで、なにが起きるのかは教えてくれなかった。けれど――。

「ルル、今お前は心から幸せか？」

アレクサンドに聞かれて、ルイーズはこくこくとうなずいた。

込み上げる熱い思いがあふれ、涙がルイーズの頬を伝う。

皇后という立場は楽ではないし、悩みが消えたわけじゃない。帝国全土となると以前の大公家の領地と違い、陳情書には切実な訴えがくる。他国とも今はいい関係を築いているが、内乱状態の国もあるし、為政者が変わればどうなるか。

ふたりの子どもたちは丈夫なほうではあるが病気もするし、アレクサンドやルイーズが持つ力を受け継いでいるか、どう成長してくれるかも、まだわからない。

未来はいつだって、希望と闇の両方があるけれど。それでも――。

ルイーズは心から言える。

「このうえなく、幸せです」

アレクサンドはそっと彼女の唇にキスをする。

「俺もだ。心から幸せだ」

そして彼は耳もとでささやいた。

「ルル、愛してる。お前は俺のすべてだ……」

「私もよ、アレックス」

あなたがいれば、それだけで幸せだから――。

＊fin＊

あとがき

皆様こんにちは、白亜凛です。

私は普段、現代ものの恋愛小説を書いていますが、ファンタジーも大好きです。

特に好きなのは転生するお話で、スタートが赤ちゃんだと見逃せずつい読んでしまいます。夢中で読みふけり、時計を見てハッとすることもしばしば。

ファンタジーでは、登場人物が転生したり特殊な力を持っていたりします。豪華な衣装を身につけ、モフモフがいて、時には恐ろしい魔獣もいますが、想像するだけで胸が躍る、まさに夢の世界が舞台です。

とはいえ、万能の世界でも、幸せ一辺倒のヒロインはいないようで、皆なにかしら悩みを抱えて悪戦苦闘する。

今作もヒロインのルイーズは逆境に立たされていますが、一生懸命生きています。

この本を閉じたとき、ルイーズの幸せそうな微笑みを、皆様の脳裏に浮かべていただけたらうれしいです。


そして、アレクサンドとルイーズですが――。

頭の中でぼんやりと浮かんでいただけのイメージが、宛《あたか》先生のイラストによって鮮明になりました。息を吹き込まれたように、生き生きとダンスを踊るふたりが目に浮かぶようです。

この場をもって御礼申し上げます。宛先生ありがとうございます！

いつか自分も書いてみたいと思っていたファンタジーの世界。

ベリーズカフェファンタジー小説大賞に参加し、優秀賞をいただいてこのような機会に恵まれ、感謝の念にたえません。

足りないことだらけの私に、多くを気づかせてくださった編集担当者様に校正様。出版にあたりお世話になりました関係者の皆様、心より御礼申し上げます。

そして、いつもいつも変わらずに応援してくださるファンの皆様、この本を手に取ってくださった皆様。本当にありがとうございます。

またどこかでお会いできますようにと願いつつ、心よりの感謝をこめて。

白《はく》亜《あ》凛《りん》

稀代の悪女に仕立て上げられた私、
冷徹大公に拾われる

2024年3月5日　初版第1刷発行

著　者　白亜凛

発行人　菊地修一

発行所　スターツ出版株式会社

〒104-0031　東京都中央区京橋1-3-1　八重洲口大栄ビル7F
TEL　03-6202-0386（出版マーケティンググループ）
TEL　050-5538-5679（書店様向けご注文専用ダイヤル）
URL　https://starts-pub.jp/

印刷所　大日本印刷株式会社

ISBN　978-4-8137-9315-1　C0093　Printed in Japan

［白亜凛先生へのファンレター宛先］
〒104-0031　東京都中央区京橋1-3-1　八重洲口大栄ビル7F
スターツ出版（株）　書籍編集部気付　白亜凛先生